暁の高嶺で

Hikaru Masaki
真崎ひかる

CHARADE BUNKO

Illustration

高峰顕

CONTENTS

暁の高嶺で

恋だとか愛だとか、甘ったるい言葉を交わすのはお互いに苦手だとわかっていた。

だから、一言も『好きだ』と告げたことはなかったし、あちらから言われたこともなかった。

そうして言葉で再確認する必要もないほど、わかり合えていると思っていた。

彼を理解できるのは、自分だけだ。

行き先を告げることなく一ヶ月近く不在にして、なんの前触れもなく戻ってきたとしても……仕方がないとため息一つで許してしまう。

あの、見渡す限り白一面の頂に惹《ひ》かれる気持ちは理解できるから、引き留めることも文句を言うこともできない。

お帰り。お疲れ……と抱きしめて、無事に帰ってきたことに安堵《あんど》する。そして、「次は俺も連れていけよ」と、笑いながら怒るふりをして本音をこぼす。

笑いながら、

「悪い悪い。今度は声をかけるからさ」

そう緊張感なく返ってくる言葉が実行されるのは、三回に一回あればいい方だ。やっぱり思いつくまま、ふらりとザックを背負って出向いてしまう。

しばらく連絡がつかなくなったことで、またか……と置いていかれたことを悟る。

そんな彼が、

「富山《とやま》県警に就職を決めた。あそこには山専門の部署があるから」

と言い出したとき、ようやく根づく場所を見つけたのだと心底安堵した。自分に縛りつけることはできなくても、『山』ならば彼の居場所になることができる。

そこならば、追いかけるのにも苦はない。

卒業後の進路を決める際、こっそり富山県警の採用試験を受けて、決まってから報告して驚かせてやろうと目論《もくろ》んでいた。同じ志を持ち、同じ場所で働けるのだと考えただけで楽しかった。

志望動機としては不純なものだったと思うが、山に携わることができるのならば本望でもある。

自分も所謂《いわゆる》『魅入られた』人間の一人だ。

無事に採用通知を受け取り、これでようやく同じライン上に立てるのだと思っていた。

あの日、ヤツが……、

「ようやくチャンスが舞い込んできたんだ。ってわけで、俺、ちょっくらエベレストに行ってくるな」

などと、脳天気に笑いながらふざけたことを言い出すまでは。

しかも、言葉にしなくても同じ『想《おも》い』を抱いているのだと。思い上がったことを独りよがりに考えていたと、突きつけられるまでは……。

《一》

三月の半ばともなれば、暦の上では春だ。

日中は汗ばむほどの気温になることもあるし、花弁をほころばせる花々を目にして季節の移り変わりを体感することも多くなる。

ただ、三千メートル級の標高を誇る山は未《いま》だ深い雪に閉ざされている。視界に映るのは、白一色だ。

吐いた息が顔の前で白く舞い、寒いなぁ……と手袋を装着した両手を擦《こす》り合わせた。登山靴で踏みしめる雪は、照りつける太陽にほんの少し表面が融かされて、ジャリジャリとした感触だ。

「よっ、音羽《おとわ》」

名前を呼びながら、背後からポンと肩を叩《たた》かれる。

振り返った史規《しき》は、久しぶりに顔を合わせる仲間の姿を目にして笑みを浮かべた。

「久しぶりだな、江藤《えとう》。正月以来か?」

確か、正月に救助要請があったときに逢《あ》って以来だ。彼と史規は、普段は別々の警察署に勤務しているので、意図しなければ話すこともない。

「そうそう、正月以来。……今年の正月は、散々だったなぁ」

平穏な年末年始もあるけれど、ひとたび山での事故が起きれば正月などなくなってしまう。しかも、冬山での事故は容易に解決することのできないものがほとんどで……今年は波乱の年明けだった。

元旦《がんたん》の朝六時に呼集され、悪天候でヘリコプターを飛ばせなかったせいで半日かけて現場へ出向き、戻ったと思えば別の尾根へ足を運び……。解散となったのは四日の午後になってからだったのだ。

散々だったとぼやきたくなる気持ちもわかる。

同じことを思い出したのか、神妙な表情をしている江藤と目を合わせて、苦い笑みを浮かべた。その直後、なぜか江藤がそそくさと背を向けた。

「よう、史規。身体《からだ》は鈍《なま》ってないか?」

背後からガシッと頭を鷲摑《わしづか》みにされたのと同時に、からかいを含んだ低い声がそう話しかけてくる。

こんな無遠慮なコトをする人間は、きっとあの人だ。江藤が逃げた理由も、きっとコレだろう。

「浅田《あさだ》さんっ、頭摑まないでくださいよ」

史規は、身体を捻《ねじ》って振り向きながら苦情をぶつけた。顔を見なくとも予想はついていたけれど、やはり思った通りの男が立っている。

本人には言えないけれど、史規は初対面のときから浅田崇文《たかふみ》という名前のこの男が苦手だ。浅田が悪いのではなく、よく似た雰囲気の男を嫌でも連想させられるせいで。

似ていると感じるのは、史規だけではないらしい。浅田を交えて待機しているときなどに、思い出したように隊員のあいだで『あの男』が話題に上ることになり、記憶から消し去りたい名前を聞かされる。

浅田は責任感が強く、どんな現場でも信用のできるリーダーシップと技術、優れた判断力を持っているので、史規も全幅の信頼を置いている。若手をからかいたがる厄介な癖はあるが、それくらい些細《ささい》な問題だ。

それにもかかわらず、苦手だと思う原因など自分でもわかっている。

浅田が悪いわけではない。俗に言う『八つ当たり』だ。

「おー？　悪い悪い。ちっちゃい頭だなー、ラグビーボールを思い出す……とか考えてたら、つい」

史規の苦情など、どこ吹く風だ。さらりと受け流して、笑っている。

その飄々《ひょうひょう》とした顔を見ているとこれ以上文句を続ける気になれず、ため息をついて浅田の腕を摑んだ。

無言の抗議を受けて、グローブのような手が史規の頭をポンと軽く叩いて離れていく。

「浅田さんは、鈍ってない……ですよね」

傍若無人な先輩隊員を見上げて、ポツリとつぶやいた。

史規の身長は、一七五センチ。普段の生活では、周りと比べて小さいなどと感じることはない。

でも、今目の前に立っているのは、史規よりプラス十センチ近く上背がある大男だ。しかも、わかりやすく筋肉がつかないせいでひょろりとした印象を与えるらしい史規とは違い、着込んだ登山服の上からでもガッシリとした体軀《たいく》が見て取れる。

確か三十六歳になったはずだが、筋力や体力の衰えは微塵《みじん》も感じさせない。きっと、二十代の史規よりも持久力がある。

「当たり前だろー。おまえらが平地にいるあいだも、俺は山をうろうろしていたんだ。おまえも、今度の冬は馬場島《ばんばじま》に常駐するかぁ?」

笑いながら浅田が口にした、『冬の馬場島』という一言に頬《ほお》が引《ひ》き攣《つ》りそうになった。

富山県警山岳警備隊では、四月中旬から十月の中旬にかけての立山黒部アルペンルート開通に合わせて、室堂《むろどう》の複合施設に併設されている派出所に常時五、六名の隊員が交代制で勤務している。

ただ、それは登山シーズンのみで、それ以外は所轄の派出所や警察署での通常任務をこなしているのだ。

史規は山岳警備隊に属して三年目に入るが、一年を通して山に詰めているわけではない。大規模な事故が起こった場合や、人手が足りないと呼び出されたときのみ山へ向かうことになる。

ただ、例外は浅田が口にした『冬の馬場島』で……。十数人いる隊員から選出された五名ほどが、冬の北アルプスへの入り口となる早月《はやつき》尾根のふもとに位置する馬場島警備派出所に常駐することになる。

雪と山に囲まれた派出所で、冬のあいだずっと決まったメンバーと顔を合わせる。しかも、事故が起きれば否も応もなく出動することになる。

気の休まる間がなさそうだ。警備隊員の中では若年に当たる史規などは、想像するだけで尻込《しりご》みしたくなる。

「……遠慮したいです」

露骨に嫌な顔をしてしまったかもしれない。史規を見下ろす浅田が、心底楽しそうな笑みを浮かべて口を開いた。

「よっしゃ、じゃあ俺が推薦しておいてやる」

嫌がらせだ。

しかも、ここでハッキリ拒絶しておかなければ、本気で推薦されてしまいそうだ。

「遠慮しますって！」

「ははは、いい経験になるのに」

ムキになる史規がおかしいのか、ヘッドロック状態で史規の頭を抱えた浅田は声を上げて笑っている。しかも、ジタバタしても離れていかない。

後輩をからかうのが趣味だと、公言しているだけはある。いい歳《とし》をして……はっきり言って大人げない。

「お、塩見《しおみ》」

かわいがっている隊員の姿を目にしたらしく、片手で史規の頭を抱えたまま塩見の名前を口にして呼びつけた。

「浅田さん、音羽さん、お久しぶりです」

落ち着いた声で呼ばれた史規は、浅田に頭を抱えられたまま首を巡らせた。浅田を凌《しの》ぐ長身の主は、今年で警備隊歴二年の塩見岳《がく》。

年齢は二十五歳のはずなので史規の方が一つ年下だが、警備隊の中では史規が先輩の位置にいるので、礼儀正しくあいさつをしてくる。

塩見は警備隊員としてようやく二年目に入るけれど、不慣れな去年と比べればずいぶんと逞《たくま》しい印象になった。

もともと登山経験があるらしいので、慣れるのも早かったのだと思うが……頼もしい後進ができるのは嬉《うれ》しい限りだ。

「おまえ、忘れず出てきたんだな。シーズンが始まればバラバラになるから、ハニーと離れ難かっただろー」

浅田の顔が見えない史規でも、どんな表情をしているか容易に想像できる。声の調子が、あからさまに塩見をからかうものなのだ。

ハニーと離れ難いだろうという言葉が出てくるあたり、浅田は塩見がつき合っている相手を知っていると思われる。

なにがあって浅田に知られてしまったのかはわからないが、気の毒に。

「……いくらなんでも、訓練は忘れないです。そうやって、すぐにからかうんですから」

生真面目《きまじめ》な塩見は、適当に流すということができないらしい。気まずそうな顔で、ボソボソと言い返している。

そうして反応するから、浅田にからかわれるのだと……本人が気づいているか否かはわからない。

「俺のオアシスを独り占めしてるんだから、ちょっとくらいからかわれたところでガタガタ言うな」

「はぁ……オアシス」

山岳警備隊への入隊は去年でも、浅田とは旧知の仲だったらしい。

当初から……よく言えば『かわいがられている』のだが、端からは『おもしろがっていじられている』としか見えない。

それも、塩見本人が本気で嫌がっていないようなので、二人のやり取りは微笑《ほほえ》ましいと言えなくもないか。

塩見が入ってくるまで散々浅田に絡まれていた史規にとっては、いい避雷針ができたと密かに喜んでいる。

「浅田さん、そろそろ放してくれませんか？」

「あー……悪い、忘れてた」

ガッシリと首に絡んでいる腕を叩いて促すと、浅田は「ははは」などと笑いながら腕を解《ほど》いた。

忘れていた？　そんなわけあるか、と心の中でつぶやく。

声に出して言えないのは、敵《かな》わない相手だとわかっているからだ。どうも自分は、この手の人間に弱いらしい。

「そういや史規、おまえ三年目だったか？」

「……そうです。誰かさんに、強引に引っ張り込まれてから三年目です」

これくらいの皮肉は許してくれるだろう。

この男は、山との関わりをキッパリ断とうとしていた史規を、有無を言わさず山岳警備隊に引きずり込んだのだ。

チロリと視線を向けた浅田は、心外だと言わんばかりの目で史規を見下ろした。

「強引つったって、山に登ったら生き生きしてたくせに。結局、おまえも山に魅入られた人間なんだよ。離れられるわけがない」

それが、用件も言わずに警察署に呼び出した挙げ句……あいさつもそこそこに、「おまえ、大学でワンゲル部だったたってな。そんなイイコト、黙ってんなよ」とかなんとか口にしながら、人をパトカーに押し込めた人間のセリフか。

非番だった史規は、Tシャツにジャージという軽装で室堂に『連行』されたのだ。呆然《ぼうぜん》としているあいだに「ほら」と予備の登山服を押しつけられて、遭難者の捜索に駆り出されることとなった。

「普通は、パトカーに押し込む前に『人手が足りんから手伝え』とか言うものじゃないですか？　あれじゃあ拉致《らち》ですよ、拉致。おれの意思なんて完全無視の、事後承諾だったんですから」

この人は、逃げられない状況に史規を囲い込んでから、ようやく『用件』を口にしたのだ。

しかも、我に返ったときにはすっかり山岳警備隊員の一員として頭数に入れられていて、「そんなつもりではない」などと言い出せない状態だった。未だに、巧みに騙《だま》されたと思っている。

傍《そば》で史規が入隊に至った顛末《てんまつ》を聞いていた塩見は、

「うわ……さすが浅田さん。卑怯《ひきょう》な手を……」

そう、当の浅田には聞こえない音量でつぶやく。史規を見る目には『気の毒に』と同情が滲《にじ》んでいた。

こっそり避雷針扱いをしている塩見に、そんな目で見られるなど……屈辱だ。

当時を思い出した史規がふて腐れていると、浅田は容赦なく背中を叩いてくる。

「まぁまぁ、済んだことだろ。で、本題だ」

本題は、史規のキャリアや入隊の経緯ではなく別のところにあったらしい。コホンとわざとらしい咳《せき》払いをして、鹿爪《しかつめ》らしい顔で語り始める。

「二年前に入ったおまえとは入れ違いに出ていったヤツだから、面識はないだろうが……高《たか》代《しろ》が今年から復帰するんだ。史規も塩見も、名前くらいは知ってるだろ？　紹介をしようと思ってるんだが、肝心の本人がまだ来てないみたいだなぁ」

「……っ」

浅田の口から出た『高代』の一言に、史規は息を呑《の》んだ。

考えていることが顔に表れやすいと普段から言われているので、きっと表情も強張《こわば》らせてしまったはずだ。

不意打ちだったせいで、うまく取り繕えているかどうかわからない。

「おれ、ちょっと江藤に言い忘れたことが」

しどろもどろに捻《ひね》り出したそんな一言を残して、この場から逃れようとした。浅田の近くにいたら、あの男と引き合わされてしまう。

……覚悟もできていないのに。

「後にしろ。お、来た来た。おーい、雄《ゆう》！　雄大《ゆうだい》、こっちだ！」

逃げ出すのには、ほんの少し遅かったようだ。

目的の人物を発見したらしい浅田が、風の音に負けない、張りのある声で目的の人物を呼んでいる。

史規は、心臓がバクバクと猛スピードで脈打ち始めたのを感じる。本当にあの男がすぐ近くにいるのか、怖くて確かめることができない。

雪面に視線を落としたまま、そろりと離れようとしたのに。

「待てって、史規」

「ちょっ……、本当におれっ」

逃げようとしたことを察せられてしまい、ガシッと襟首を摑まれてしまった。片手で捕らえられることが悔しい。

この、怪力め！　と心の中で罵倒《ばとう》しつつもがいても、ザクザクと足元の雪を踏みしめるのみだ。

そうして史規が四苦八苦しているのに、

「おまえ、なにやってんだ？」

襟首を掴んでいる浅田の口からは、のんびりとした一言が出る。必死になっている自分が、馬鹿らしくなってきた。

ほんの少し、身体から力を抜いた瞬間。

「浅田さん、ご無沙汰《ぶさた》しています」

耳に飛び込んできた低い声に、ドクンと心臓が大きく脈打った。

もし、次に顔を合わせることがあっても無反応を貫こうと思っていたのに……勝手に動悸《どうき》が激しくなる。

無理に顔を背ける史規の態度は、不自然なものに違いない。それなのに、よく言えば大らか……実際は無神経なだけではないかと常々思っているよく似た気性の二人は、平然と会話を交わしていた。

「全然連絡がないから、本場のアルプスでくたばったかと思ってたぞ。残念ながら、ピンピンしてるみたいだな」

「すみません。俺、筆不精なんです。えーと……ただ今戻りました」

くたばったかと……などと言われた男は、浅田の乱暴な言葉を笑い飛ばしてそう答えると、真面目な声で「ただいま」と続ける。

　二人の姿が見えなくても、どんな顔でやり取りをしているのか想像できる。同志の笑みを浮かべているはずだ。

　そのまま、自分の存在を忘れて二人で話していたらいい。

　いっそのこと、今すぐ透明人間になってしまいたい。雷鳥のように保護色である白毛を纏《まと》い、雪に溶け込むとか……。

　史規は、そんな馬鹿げたことを願うほど切羽詰まっているのに、神経がザイル並みに図太くできている二人の意識がこちらに向いてしまう。

「おまえ、なにジタバタしてるんだ？　さっき言ってた高代だ。海外に行っていたが、二年ぶりに復帰する」

　浅田の手にガシッと頭を掴まれて引き戻されると、肩を押して突き出された。

　顔を上げられない史規は、視界に映る登山靴を目に映しながらガバッと頭を下げて、場を取り繕う。

「音羽史規です。警備隊では、三年目に入ります」

　史規の名前を耳にして、高代がどんな顔をしたのか……確かめるのが怖くて顔を上げられない。

　自分が、ポーカーフェイスを保てているという自信もなかった。

……緊張のあまり、心臓が喉元までせり上がっているのではないかという錯覚に襲われる。目に映る雪面が、グラグラ揺れているみたいだ。

「塩見、おまえもあいさつ」

極限状態ともいえる史規の状態に気づかないらしく、浅田はいつもと変わらない声で塩見にもあいさつするよう促す。

「あ……ハイ。塩見岳です。二年目に入ります。高代さんのお名前だけは、自分も耳にしていました」

「ははは、ろくな噂《うわさ》じゃないだろー。浅田さんが俺のことをなんて言ってたか、怖すぎて聞きたくないな」

相変わらず生真面目な塩見の言葉に、笑って答えている。その低い声に、胸がグッと苦しくなった。

史規の名前が聞こえなかったはずはない。それなのに、一言も声をかけてこない。

……この男は、なにを考えている？　史規がいようといまいと、どうでもいいということか？

図太い神経を持っていることは、重々承知だが……。

「そりゃ、事実をそのままだ。エベレスト登頂プロジェクトに加わるチャンスに恵まれたから参加してきますって一言を残して休職したかと思えば、あちらで知り合ったスイスの救助隊と意気投合した、本場のアルプスに研修に行ってくる……だと？　おまえ、本能のまま生きてるだろ」

「本能のままって、人を野生の熊みたいに……。スイスでの研修は、いい勉強になりましたよ」

「当然だ。そうじゃなきゃ、休職扱いじゃなく研修の名目で行かせた意味がない。戻ってきたからには、しっかり働けよ」

「はい、それはもちろん。あっちは、装備もすごかったですよ」

「……へぇ。今度、飲みながら聞かせろ」

頭上で、テンポよく交わされている浅田と高代の会話が、どこか遠くから聞こえてくるみたいだった。

史規と、浅田や高代、塩見の三人を隔てる見えない壁があるのではないかと……怖くなる。自分だけが、別次元にいるのでは。

「史規？　なに固まってんだ」

意図することなく、この場から自分を切り離すことで平静を保とうとしていたのに、そう言って笑った浅田が史規の名前を口にしながら襟首を摑んでくる。

強い力でグイッと引っ張り上げられて、顔を伏せていられなくなった。

往生際が悪いとわかっているけれど、高代と目を合わせることはできない。視界の端にいるというだけで、心臓がどうにかなりそうだった。

それほど、史規が動揺しているのに……。

「富山県警に就職したんだな。……知らなかった」

高代は、なに一つ動揺を感じさせない平然とした声で話しかけてくる。

直後、背筋がひんやりと冷たくなった。冷や水を浴びせられるという言葉があるけれど、我が身で実感する。

意識しているのはオマエだけだと、突きつけられたような気分だった。ドキドキしていた胸の内が、真っ黒なものでいっぱいになる。

自他共に認める意地っ張りな史規は、途端に頭に上っていた血が引いて冷静になるのを感じた。

無意識の高揚……そこからの急降下を高代にだけは悟らせてなるものかと、両手を握りしめる。

「……はい。お久しぶりです、高代先輩」

応《こた》えた声は、淡々としたものを繕えたはずだ。顔は……うまく微笑を浮かべられただろうか。

目を合わせられない史規とは違い、高代は史規の顔を直視しているのか疑問だが、確かめることができない。

「あれ？　おまえら、知り合いだったのか？」

浅田が会話に割って入ってくれたおかげで、震えそうになる唇を噛《か》んで誤魔化《ごまか》すことができた。

鼻をすするふりをして、右腕で顔を隠す。

高代はどう答えるのだろう。余計な言葉を浅田に言いやがったら、雪を蹴《け》り上げてやろうとスタンバイする。

「はい。史規は、大学の後輩なんです」

大学の後輩。

一瞬の躊躇《ちゅうちょ》もなくそう返事をした高代の声に、ますますイガイガとささくれ立った気分になった。余計なことを言ったら浴びせてやろうと、雪を踏んで身構えていた足にグッと力が入る。

後輩。間違いではない。

実際、今の史規と高代は簡潔な一言で片づけられる関係だ。それでいいはずなのに……なにを警戒していたのだろう。

「ああ？　雄大、おまえ二十九だろ。史規が二十四か？　……ダブったな」

視界の隅に、男っぽく整った顔にニヤニヤとタチの悪い笑みを貼《は》りつけている浅田の顔が映る。

高代は、あっさりと認めた。

「あ、バレました？　三年と四年を二回ずつやりました。……山に遠征しすぎて、単位が足りなくなったんですよ。むしろ、教授にはよく六年で卒業できたなぁ……なんて言われました」

「バカだろ」

「バカですね」

殺伐とした雰囲気になってもいいはずのやり取りでも、じゃれ合っているみたいだった。

この二人にとっては、コミュニケーションの一環なのだろうとわかる。

ふと塩見と目が合ったことで、ここから逃れる糸口を摑んだ。

「塩見、この二人の近くにいたらとばっちりを食うぞ。あっち行こう、あっち」

「……はぁ」

冗談っぽく声をかけながら塩見の肩に手を置いて、離れようと促す。塩見は、苦笑を浮かべて史規の誘導に乗った。

ようやく高代に背中を向けることができて、小さく息をつく。

なんなんだ、あの男は。二年のブランクをまったく感じさせない。

……二年前、最後に史規とどんな会話を交わしたのか、本気で忘れているのではないだろうか。

あの、のほほんとした態度が憎たらしい。不在のあいだも、話題に出るたびに『高代は浅田二世』だの言われていたが、人を食ったようなところが本当にそっくりだ。

思い浮かべる姿は、二年前のもので……結局顔を見られなかった史規は、今の高代があの頃から変わったのかどうかもわからない。

少なくとも、調子のいいところは変わっていない。唯一まともに見ることのできた、冗談のように大きな足のサイズも……。

「音羽さん？」

無言で唇を噛み、雪面を睨《にら》みつける史規を不審に思ったのか、塩見がおずおずと話しかけてくる。

ハッと顔を上げた史規は、塩見を見上げてなんとか笑顔を浮かべた。

「そういえば塩見、浅田さんに弱みを握られてるみたいだな」

「……はぁ。そりゃもう、ガッシリと」

口に出しては言わないけれど、塩見の顔に『不本意です』と書かれている。申し訳ないと思いつつ、思わず笑ってしまった。

「そうやって笑いますけど、あの人、本っ当に厄介なんですよ」

塩見のぼやきは、実感のたっぷりとこもったものだ。

この男は実直な性格をしている。先輩にたてついたり、言い返したりということもないだろうから、容赦なくからかえるのだろう。

「知ってるよ。おれも、前の彼女が予告なく室堂に顔を出したとき……うっかり浅田さんに目撃されちゃって、しばらくからかわれた。ああいうからかい方をするのって、普通は中学生までだよなー」

……軽口を叩きながら笑える自分に、少しだけホッとした。

《二》

「おい、音羽ぁ！　岩にしがみつくなよ！」

「……はいー！」

　下からの怒声に答えたのははいいが、どうしても腕に力が入る。これは、少しでも危険を回避しようとする人間の本能だ。

　ただ、岩登りをしているときにしがみついてしまったら、視野が狭まるのと力がうまく伝わらないのとで、かえって危険だ。

　頭ではそこまでわかっていても、なかなか腕を伸ばせない。それを見透かされたのか、すかさず浅田の声が聞こえてきた。

「おまえ、本気で腕が鈍ってるだろ！　冬のあいだ、コタツでのんびり餅《もち》食ってたんじゃねーかぁ」

　うるせぇ。コタツで食ってたのはミカンだ。

　心の中でのみ言い返して、岩の突起を摑む左手の指に力を込める。大きく息を吐き、左足に体重を移動しながら右手を岩から放した。目指すは、四十センチ上のところにある金属製の杭《くい》だ。

もう少しで、身体を固定するために引っかけるカラビナが届く……というところで左足が滑り、グラリと視界が揺れた。

「……ッ！」

落下防止のために装着しているハーネスが食い込み、衝撃のせいで一瞬息が止まる。特に、両足のつけ根部分はまともに体重がかかるので……股間《こかん》が痛い。

岩の上と、岩の途中で数ヶ所設《しつら》えられた支点とにくぐらせてあるロープは、じりじりと史規の身体を下ろしていく。

「チッ」

舌打ちした史規は、奥歯を嚙んで手をかけそびれた一点を見上げた。

あそこまで登るのには二十分近くかかったのに、こうして下りるのは一分足らずだ。

グローブをつけた手の中でハーネスから伸びるロープをゆっくりと滑らせながら、十数メートル下の雪面へ接地した。

その直後、背後からヘルメット越しに頭を殴られる。

「おまえは初心者かっ！」

顔を見なくてもわかる。浅田の声だ。

そろりと回れ右した史規は、うつむいて小さく答えた。

「……すみません」

「ふざけんな。すみませんじゃねーよ！　現場だと、おまえの『すみません』で助かるものも助からなくなるんだぞ！」

あまりの正論に、返す言葉もなく頭を下げる。

入隊直後の一年目ならともかく、こうして先輩から叱責《しっせき》されるのは久しぶりだ。訓練中に怒声が飛び交うのは珍しくないので、周りはこちらを気にする様子もない。

「……」

ただひたすら奥歯を噛みしめて、頭上から降ってくる浅田の言葉を全身に浴びる。

殴られて叱責されたことに、消沈しているのではない。陳腐な言葉だが、これは所謂『愛の鞭《むち》』というやつだ。

史規の肩を落とさせているのは、あんなミスをやらかした自分自身だった。こんなことでは、気合いが足りないと言われても仕方がない。

無言の史規が、いつになくしゅんとしているのが見て取れたのか、浅田の声が少しだけ和らぐ。

「おまえ、いつもは猿と見間違えるほど身軽だろうが。なにがあって気を散らしているのかは知らないが、ボケボケしてんなよ」

「はい」

今度は、ポンとヘルメットの上に手を置かれたのだろう。静かな振動が伝わってきた。

浅田は史規から離れて、次に登り始めた塩見へと声をかけている。

吐息をついた直後。

「……らしくないなぁ」

斜め後ろから聞こえてきた低い声に、ビクッと肩を震わせた。

全隊員での合同訓練が始まって、三日。高代のことは、周囲に不自然さを感じさせない程度に避けている。

周囲には感づかれていなくても、高代本人は気づいていないわけがない。それなのに、こうしてわざわざ話しかけてくるなど……嫌がらせだ。

「そうですか？ 高代さん、警備隊でのおれなんて知らないでしょう」

振り向くことなく口にして、離れようと足を踏み出す。無愛想な声と態度だと自分でもわかっていたが、今は取り繕う余裕がない。

「まぁ、確かに警備隊でのおまえは知らないが、あんな素人《しろうと》みたいなミスを犯すヤツじゃないってことは知っているつもりだ」

淡々と語られた言葉に、ピタリと足を止めた。頬がヒクッと引き攣る。

知っているだと？

高代と史規が同時に大学に在学していたのは、一年間。その一年で共に山に登ったのは、片手の指でも数えられる回数だ。

それ以外は、この男は……思いつくまま自分勝手に、好きな山へ登りに行っていたのだ。国内の山に飽きれば、海外へ。

しかも、行き先も告げずに一ヶ月……とか。『放浪癖』という簡単な言葉で表すには、あまりにもタチが悪い。

卒業と同時に富山県警への就職を決め、北アルプスを拠点とし……ようやく落ち着いたかと思い始めた頃になって、今度は『本場のエベレストへ』などと言い出したのだ。

あまりにも突拍子がなさすぎて、最初は酔っ払っているのか冗談を言っているのではないかと、信じられなかった。

「じゃあ、高代さんが海外にいたあいだに変わったんですよ」

硬い声でそれだけ言い残し、今度こそ高代の傍を離れた。雪面に無造作に置かれているロープや道具を、黙々と片づける。

史規を追いかけてまで話そうとは思わないのか、他《ほか》の隊員と会話を交わす高代の声がかすかに聞こえてくる。

「……なんて無神経な男だ」

史規自身も繊細とは言い難い性格をしているが、高代ほどではないつもりだ。

無神経なのではなく、わずか二年ほどでキレイさっぱり忘れたというのなら……大きな病院で検査した方がいいのでは。

イライラする。こんなふうに思っていたのでは、隊内の輪を乱すことになるとわかっているのに……高代を意識してしまう。

「おい、これも片しておいてくれ」

手元に使い古した金具を投げられて、顔を上げる。薄ら笑いを浮かべた浅田が、仁王立ちしていた。

「史規、おまえ居残りな」

「……はい」

失態を思い出すまでもなく、うなずくしかない。

ヘラヘラ笑いながらからかってくるときとは違い、訓練中の浅田には奇妙な迫力がある。逆らえるわけがない。

「なんで、あの男まで一緒なんだ……よっ」

ぶつぶつ文句を言いながら、腕に力を込める。二十メートルを凌ぐほぼ垂直の岩壁を登り終えると、今度は下りだ。

集中できなかった午前中とは違い、高代への苛立《いらだ》ちが今はうまく力になっている。

「だいぶん勘を取り戻したみたいだな。ぼーっとしていたが……女に現《うつつ》を抜かしていたんじゃないだろーな。推定Eカップの美人」

雪面に両手をついて、ゼイゼイと荒く息をつく史規の背中を叩いた浅田は、ニヤニヤ笑って余計な一言をつけ加えてくる。

訓練中の張り詰めたピアノ線のような緊張感と、その緊張の抜きどころを巧みに切り替えやがって。

これだから、この男には敵わない。

浅田のからかい文句など黙殺した方が賢いとわかっていたが、残念ながら史規は黙っていられるほど人間ができていない。

「あのときの彼女とは別れました。……振られたんですよ。言わせるな。ついでに、EじゃなくてFです」

屈辱的な「振られました」報告に、浅田の目測の誤りをつけ加える。

淡々と言い返した史規を、浅田はなにを考えているのか読めない表情で見下ろした。

「……そりゃ残念」

同情する目で見られてしまった。墓穴を掘っただけのようだ。

ため息をついたところで、高代のつぶやきが聞こえてくる。

「彼女がいたのか?」

まるで、猫が盆踊りを踊ったとかあり得ないことを聞かされたような声だ。

そう思いつつ顔を向けることもない史規に代わって、浅田が言い返した。

「おいおい、そんな……意外って顔をするなよ。史規がモテないわけがないだろー。女はこの手の小綺麗な男前、好きだぞ。室堂でも、記念写真を一緒に……って観光客の若いオネーチャンから声をかけられるのは、九割以上がコイツ目当てなんだよなぁ。俺の方がいい男だと思うのに、オバチャンにしかモテないのはなぜだ」

声だけでなく、高代は表情にも『意外だ』と出していたらしい。浅田が、笑いながら余計なことを話して聞かせ……最後の方はぼやく口調になる。

そのぼやきに、高代が答えた。

「……浅田さん、普通にいい男ですよ」

「真面目に返すなよ。愛《う》いヤツめ」

視界の端に、浅田が高代の首に腕を絡めてグイグイと絞め上げているのが映る。

高代は、「息の根を止めるつもりですか」などと笑いながら、浅田の腕から逃れようと雪を蹴り上げていた。

いい歳をした大男が二人、雪の上でじゃれている。……ハッキリ言って、微笑ましくは

ない。

どこかで、これと似たような映像を見た気がする。

「ああ、そうか。……熊だ」

首を捻って考えていた史規だが、ふっと頭に映像が浮かんだ。

二人には聞こえない音量でつぶやいたつもりだったけれど、少し離れたところにいる高代が聞き返してきた。

「熊？」

黙殺してやりたいところだが、浅田の手前、無視するわけにはいかない。大学時代からの知り合いだと、バレているのだ。

「……テレビで、白熊が二頭じゃれ合っているのを見たんです。お二人、その熊たちとそっくりですよ」

街の中では目立つだろう立派な体格も似ているし、雰囲気も共通するものがあって、どちらも大雑把……よく言えば『ワイルド』なのだ。

高代は、史規と入れ違いになる形で休職して出ていったので、警備隊の中にいる姿を目にするのは初めてだ。

こうして浅田と並んでいるところを端から見るのも初めてだが、隊員たちの語っていた『似ている』という言葉を実感する。

まるで、兄弟だ。

「熊かよ」

高代が、苦いものの混じった声でボソッとつぶやいたのは聞こえてきたけれど、まだ顔を見ることはできない。

浅田は、「熊はおまえだけだ、雄」と自分を棚に上げていた。史規から見れば、どっちもどっちだ。

「自分がちょっとモテる男前だと思って、人を熊呼ばわりしやがって。あー……ガスが出てきたから今日はこれで下りるか。史規、最後の縦走までには勘を取り戻しておけよ」

積雪期訓練の締めくくりは、隊員を数名ずつのグループに分けて登山口から入り、深い雪の残る山を縦走することなのだ。

各方面から雪の状態や雪渓の具合を確認しながら、今年は二泊三日で集合場所である剱《つるぎ》へと向かう。

山は、同じ時季であっても毎年表情を変える。

暖冬の年と厳冬の年で違うのはもちろん、平年であっても積雪量がほんの少し上下するだけで雪面の状態が変化する。

重要な訓練であると同時に、春の訪れと共に多くの登山者が押しかける前に現場確認するという意味でも、大切な行事だ。

当然、生半可な気持ちで参加するものではない。警備隊に属する全員が、強固なプライドを持って仕事をしているのだ。『うっかり』で自分が怪我《けが》をしたら、警備隊全体への信頼に傷をつけることになる。

「わかってます」

硬い声で答えた史規は、結局最後まで高代と目を合わせることができなかった。だから、史規を前にした高代がなにを思っているのか読めないままだ。

よくよく考えれば、大学での初対面のときから強引で……なにを考えているのかわからない男だった。

□　□　□

ポプラ並木に挟まれた大学構内の小道を、ぼんやりと歩く。

「そこの男前、新入生だよね。映画に興味ない？　創り手でもいいし、君なら役者としてもカメラ栄えしそう！」

四月という時季柄か、サークル勧誘の手書きチラシを手にした上級生らしき学生が、ひっきりなしに声をかけてくる。

小走りで史規を追いかけてきたのは、派手な美人だ。

異性の新入生を釣るには、スカウト役の見てくれも重要か……と、無表情で冷めたことを考える。

「あー……すみません、興味ないです」

ほんの少し歩を緩めた史規はチラリと女性を見遣っただけで、立ち止まることなく答えた。ジーンズのポケットに手を入れたまま、即座に目を逸《そ》らす。

その態度で、勧誘しても無駄だと悟ったのだろう。彼女は、

「わかった。でも、気が向いたら部室を覗《のぞ》いてみて！」

と言いながら、強引にチラシをジーンズのポケットに押し込んで次のターゲットへと向かった。

外見の印象通りに、バイタリティに溢《あふ》れる人らしい。史規は小さくため息をついて、緩めていた歩くスピードを早足に戻した。

キャッチセールスと同じだ。呼び止められないためには、脇目《わきめ》も振らず大股《おおまた》で歩くのが一番だろう。

「あ、イイ男発見！　そこの新入生！」

次に声をかけてきた男は、中世フランス貴族を連想させるゴシック調の服という、見るか

らに怪しげな格好をしていた。だから史規は、自分に話しかけられたと気づかないふりをして完全無視をした。

「ちょ……っと、話を聞くくらいしろよー」

ぼやく声が背中を追いかけてきたが、それさえ聞こえなかったふりをする。

夢と希望に溢れているはずの新入生なのに、自分の態度がかわいげのないものだとはわかっている。

そもそも、特別な夢や目標があって大学に入ったわけではなかった。

ただ単に、『早く社会に出るよりも、学生時代は少しでも長い方がお得かな。それに、大卒の方が初任給だっていいだろうし』という、親や教師には頭を抱えられそうな理由で大学受験をしたのだ。

動機がこうだから、がむしゃらに受験勉強をしたわけではない。

自分が無理することなく受かりそうな偏差値で、世間的にそこそこ覚えがいいところ……という基準で大学を選んだものだから、キャンパスを歩いていても特に感慨深いと感じなかった。

ある程度時給のいいバイト先を見つけて、遊興費を稼ぎつつ……四年間、適当に遊ぶか。

そんなことを考えながら、もうすぐ構内から出る……というところで、唐突に腕を掴まれた。

「……なっ」

なんだよ、と。喉元《のど》まで込み上げてきた言葉が、不自然に詰まった。

見上げる角度は、約十センチ上。一八〇センチの半ばほどはあるだろう上背はもちろん目を引くが、シャツの上からでも見て取れる広い肩幅や胸の厚みが史規に『おまえ貧相だな』と言っているみたいだった。

しかも、日中以外はまだ肌寒い四月の初旬に半袖《はんそで》のTシャツ姿だ。目鼻立ちのハッキリとした容貌《ようぼう》は整っていると言ってもいいものだけれど、妙な迫力があるせいで粗野な印象を受ける。

「おまえ、新入生だよな」

低い声で、無愛想につぶやく。尋ねているのではなく、確認の口調だ。

否定してもよかったが、手にカリキュラムや学習要項の説明が載った冊子の入った封筒を持っているのだから、白を切ることもできないかとあきらめてうなずいた。

「……そうですが」

「山、興味ないか？　本格的な登山経験はない？　興味がないってわけでもないだろ。山は楽しいぞー。ま、話だけでも聞け」

一方的に捲《ま》くし立てたかと思えば、突然満面の笑みを浮かべる。さっきまでの脅すような表情とのギャップが激しくて、メチャクチャに胡散臭《うさんくさ》い。

言いたいことだけ言って口を噤《つぐ》んだ男は、よくわからず啞然《あぜん》としている史規の腕をグイッと引っ張った。

「ちょっと、なんだよ……っ。おれ、なにも言ってないんですけどっ！　イテテテ、怪力だなっ」

先輩かもしれないが、知ったことではない。史規は、誰《だれ》が相手であってもおとなしく従う性格ではなかった。

「人の言うことを聞けっ！」

強引かつ胡散臭い男に、遠慮する気もない。「放せよ」と言いながら腕を取り戻そうとしても、男の手はビクともしなかった。

「……威勢がよくてなによりだ。やっぱり、山に向いてると思うな」

男は暴れる史規をチラリと振り返り、大股で歩いていく。逃れられない史規は、引きずられるようにして来た道を戻ることになってしまった。

大きなテントが張られていて、その下で各サークルの説明が行われている。ずらりと並べられた机の一角にある、『ワンダーフォーゲル部』と書かれた紙が貼《は》られたブースへと連行されて、強引にパイプイスへ座らされた。

「なんなんだよっ！」

逃げられないようにか、背後から史規の肩を押さえつけている男を睨み上げる。グローブのような手だ。

男は史規の苦情を完全に無視して、正面にいる……戸惑いの表情を浮かべている男女二人に話しかけた。

「ほら、ご注文の新入生。リクエスト通りに男前を連れてきてやったぞ」

そう言って低く笑った男に、史規の正面に座っている上級生らしい男が口を開く。

「……高代さん、確かにオレらは新入生を勧誘してきてくださいとお願いしましたけど、脅してかどわかしてこいなんて言ってませんよ。彼、ワケがわからないって顔してるじゃないですかっ！」

タカシロと呼ばれた男とは違い、幸いなことにこちらは真っ当な神経を持ち合わせている人らしい。

目で「なんとかしろ」と訴えている史規と、未だに史規の肩を押さえているタカシロとのあいだに視線を往復させて、深いため息をついた。

「人聞きが悪いな。……俺の嗅覚を信じろ。コイツは絶対、山好きになる。男前を連れていたら、山の女神さんの覚えもいいと思うぞー」

「……そんな、人柱みたいに……」

当事者である史規の頭上を、タカシロと上級生らしい男女の会話が行き交う。

嗅覚……って、まるで動物だ。しかも、山の女神というのはなんなんだ。

ワケがわからない史規は、無言で肩に置かれているタカシロの手を叩いた。

いいかげんに放しやがれと訴えたつもりなのに、その手を強く握りしめられてギョッと目を剝《む》く。

勢いよく振り向いてタカシロを睨むと、飄々とした顔で笑いかけてきた。

「騙されたと思って、お試しで一回山に登ろうや。……サークルに入ったら、いろいろ楽だぞ。先輩方から、出席だけで単位をくれるチョロい講義や教授好みなレポートの書き方を伝授してもらえるからな」

それは……確かに魅力的だ。

自分が真面目な学生になれるとは思えない史規にとって、簡単に単位を取得できる方法を教えてもらえるという誘惑に心が揺れる。

史規の迷いが伝わったのだろうか。

「それに、教科書や参考書籍もお下がりが回ってくるからな。余計な出費が抑えられる」

「……」

なるほど。ますますありがたい。

いろいろ伝授してもらって、向いていないからやっぱりやめます……と逃げてしまえばいいのでは。

史規の中で、瞬時にそんなズルイ計算が働いた。ただ、顔には出さなかったという自信はある。

「どうだ？」

「じゃあ……お試しで。逃げませんから、手ぇ放してもらえますか？」

タカシロに摑まれている右手を、無事な方の左手で指差す。

上級生に対して、ずいぶんと無礼な口のきき方だったと思うが、タカシロは気にする様子もなく「お？　悪い悪い」と笑って史規の手を解放した。

これまで、史規の周りにはいなかったタイプの人間だ。それだけで、大学という場所をおもしろいと思える。

その、タカシロ……高代雄大という男が大学に在籍すること六年目の四年生だとか、その理由が山登りのせいだと知ったのは、新入生歓迎会と称して大学近くの居酒屋に連れていかれたときだった。

予想の斜め上を行く破天荒な人間で、本能の赴くままに生きているとしか思えない。

なのに……高代には不思議な魅力があった。

たった一度の登山で、ワンゲル部のメンバーと同じように、史規も高代に一目置くようになってしまった。

初めて体験する厳しい自然の中で、「この人についていけば大丈夫だ」という絶対的な信頼を無条件で寄せることのできる存在は、とてつもなく大きかった。

新入生を交えての一度目の登山は、あえて小屋ではなくテントで夜を明かすのが恒例だと聞いたときは本気で逃げ出したかったが、携帯型の簡易コンロで沸かしたお湯で作ったカップラーメンはおいしくて、半日がかりの登山でくたくただった身体に染み渡り……初めてカップラーメンを食べて涙が出た。

中学生のときから、登山が趣味の伯父《おじ》に連れられてあちこちの山を登ったという高代の話は、興味深かった。

夜の繁華街をうろついていた自分が、山登りの話で胸を高鳴らせることができるのだと知ることができて、我ながら新鮮な気分だった。

木の枝に腕を引っかけて二十センチ近くに及ぶ派手な裂傷を負い、それをガムテープで塞《ふさ》ぐ……というとんでもない大雑把さを目の前で見せられたときは、本気でコイツにはついていけないと思ったけれど。

しかも女子部員もいる場で、

『山で失くし物をしたときはなぁ、イチモツを出して振りながら探したら見つかるんだぞ。山の神さんは女だから。ま、ブツが粗末だったら、逆効果かもしれないけどなぁ』

などと、躊躇なく語り出すデリカシーのなさで……それでも、高代なら仕方がないかと誰もが笑って流す。

汚いものや危険を極力排除して育てられた、典型的な現代っ子ともいえる史規は所謂カルチャーショックを何度も経験することになり、いつしか慣らされてしまった。

ワンゲル部などすぐにやめようと思っていたのに、気がつけば最上級生になっていたのだ。

大学の在学がかぶっていたのはたったの一年だが、高代の卒業後も細々と交流は続き、いつの間にか四年が経《た》っていた。

ワンゲル部のＯＢも、自然と高代と史規は馬が合うらしいと受け止めていて……この二年、完全に交流を断っていたとは知らないはずだ。

なにがあって、そうなったのかも。

史規にしてみれば、忌々しくて思い出したくもない。

《三》

三月の半ばを過ぎていても、標高の高い山ではまだ雪のチラつく日がある。足元は、膝上《ひざうえ》まで雪の中に埋まっている。

頭上を仰ぐ史規の目には、視界一面に広がるどんよりとしたねずみ色の雲が映っていた。

「雪渓の状態を確認するのと、雪融け具合を観察するのが一番の目的だな。あと、岩場で錆《さ》びたハーケンを見つけたら引っこ抜いて回収する」

日照がないので、雪面の照り返しから目を保護するためのゴーグルは不要と判断したらしい。高代は、邪魔そうにゴーグルを外してザックのサイドポケット部分に突っ込みながら口を開いた。

雪面に置いてあった大きなザックを背負いながら、塩見が答える。

「今年は三月に入ってから結構な積雪があったので、斜面によっては表層雪崩《なだれ》が起きやすいかと思われます。特に、この池ノ谷《いけのたに》のあたりで、三日ほど前に崩れたという報告が目撃した登山者からありました」

「ん？　へぇ……。そのあたりがでかく崩れたのか。これも、地球温暖化の影響ってやつかね。ここも、雪が薄いな」

首を傾《かし》げた高代は、足元を爪先《つまさき》で掘るように蹴りながら眉《まゆ》を寄せる。薄いという言葉通りに、この冬の積雪量は平年よりも二十センチ近く少ない。

「そういうの……本場のアルプスでも感じましたか？」

どちらかと言えばおとなしい部類に入る塩見が、珍しく積極的に話を聞き出そうとしている。

本場のアルプスで、地元の救助隊に混じって行動していたという高代の経歴はやはり興味深いのだろう。

わざわざ高代に尋ねる気はない史規も、意識することなく耳を澄ませてしまう。

「ああ……雪融けが異常な速度で進んでいる。永久凍土って言われていた部分まで、じわじわ融け出してんだ。冗談じゃなく、氷河がなくなる日も来るかもしれんな。この前なんか、1902って刻印のある空き缶が出てきたぞ」

苦いものを、たっぷりと含んだ声だ。

テレビで得る情報とは違い、そこにいた人間からの言葉の説得力に差し迫る危機を実感したのか、塩見は厳しい顔で黙り込んでしまった。

「それじゃ、出発といくか。俺が頭になって、塩見と佐倉《さくら》を挟んで……史規がしんがりでいいか？」

「……はい」

顔を上げることなく、硬い声で答える。

塩見は少し不思議そうな顔をしていたけれど、史規になにも問うことなく先頭を歩き出した高代の後について歩を進めた。

数日の訓練で、史規が一方的に高代に反発していたのはわかっていたはずだ。なのに……だから、かもしれないけれど、チーム編成の際に浅田はわざわざ高代と史規を同じグループに放り込んだ。

驚いて顔を上げた史規と目が合った瞬間、ニヤリと笑った浅田が恨めしい。きっとあの人は、わざわざハブとマングースを同居させるタイプだ。そうしてお膳立てをしておいて、せめぎ合いを高みから見物する、悪趣味な人間に違いない。

いくら反発心を持っていても、警備隊の中では下っ端の史規が異論を唱えられるわけがない。未だに純然たる縦割り社会の警察組織において、先輩の命令は逆らえるものではないのだ。

登山靴の下で、踏みしめた雪がザクザクと湿った音を立てている。

目指すは、集合場所である剱だ。
四、五人ずつのグループに分かれて、二泊三日で登山ルートの雪面等の状況を確認しながら集合場所に向かい、明後日《あさって》の正午頃に落ち合うことになっている。

史規が放り込まれたグループは高代が最年長で、二十代の若手隊員を集めたものとなった。目の前に聳《そび》える立山連峰《たてやまれんぽう》は、真っ白な雪をかぶっている。天気がイマイチなせいで、頂上付近は白い雲に包まれていた。

頬に当たる風が冷たい。現在の気温は……氷点下七度くらいだろうか。

「バカみてー……」

風の音にかき消されて、前を歩く三人には聞こえないとわかっているから、そんなつぶやきをこぼすことができた。

大きなザックを背負い、五メートルほど前方を迷うことなく歩いていく高代の背中を睨みつける。

史規のことを過剰に意識して、挙動不審な態度を取れというつもりはない。じゃあ、どんな高代を目にしたら自分は満足していたのだろう。

機械的に足を動かしながら、そんな自問自答を繰り返した。

高代は約二年のブランクがあるはずなのに、そんな間をまったくと言っていいほど感じさせない足取りで歩いている。

まるで、つい昨日までこのあたりをうろついていたかのようだ。

この、妙な自信に満ちた足取りは初めて逢った頃から変わらない。どんなときも、高代の背中を追いかけたら大丈夫だと無意識に信頼してしまう。

なにも感じずにいたいのに、「頼れるとか思うな。腹立たしいだろう」と自分に言い聞かせる史規は、結局高代を無視することができていない。

自覚もないまま、真っ白な雪面に描かれているトレースを辿《たど》った。

先頭は積雪をかき分けなければならないので体力を要するはずだが、高代のペースは落ちる様子もない。膝上までの積雪を、労せずラッセルしながら歩いていく。

まるで、あれだ。除雪車。

馬鹿げたことを考えながら足を動かして、白一色の世界を進んだ。

雪を踏む足音の他には、空気を切り裂く風の音……そして、耳の奥に響く自分の心臓の音のみが聞こえる。

少しずつ、史規の中から余計なものが剝《は》がれ落ちていく。日常生活では、ここまで『無』になることはまずできない。

山に興味を示さない元彼女は、「なにがおもしろくて、山登りなんてするのかわからない。バカみたい」と言っていたけれど、この時間を体感したことのない人間に言葉で説明するのは難しい。

過程は苦しくても、高い山の頂上に辿り着いたときの達成感は他のなにものにも代え難い快感なのだ。少なくとも史規は、適当な相手と義務でセックスをするくらいなら山登りを選ぶ。

自然の中で、どんどん精神が研ぎ澄まされていくみたいだ。四時間や五時間、あっという間に過ぎてしまう。

稜線《りょうせん》を抜ける風が強かったせいで予定より時間がかかってしまったけれど、日没前に宿泊地としていた無人小屋に着くことができた。

雪を防ぐために立てかけられている板を外し、遭難者や登山者がいつでも使えるよう常に施錠されていない戸板を開ける。小窓はあるけれど、日没が迫って薄暗いせいで外からの光はほとんど入らない。

戸口を入ってすぐのところで背負っていたザックを下ろし、登山服にこびりついている雪を払い落とした。

「ライト、点《つ》けるぞ」

高代がライトを点けると、薄暗い小屋の中がぼんやりとした光に包まれた。広さは、八畳ほど。宿泊施設として整備されているものではなく、風や雪を凌げればいいという簡素な建物だ。

その光を頼りに、小屋の内部をグルリと見渡して異常がないことを確認する。ここしばらく遭難者や行方《ゆくえ》不明者が出たという事故報告はなかったが、ごく稀《まれ》に、無人小屋へ避難した遭難者が人知れずお亡くなりに……ということもあるのだ。

登山前には警察への登山計画書の送付を義務づけているが、強制ではないので全員が素直に従ってくれるわけではない。

余計なもののない、ガランとした空間が広がっていてホッと肩から力を抜いた。

「よし、OK。あー……久々に北アルプスを歩いたらさすがに疲れたなぁ」

「高代さん、昨日もここを歩いていたみたいに……ある意味、異常なくらいの馴染《なじ》み具合でしたが」

やはり、同じことを感じていたらしい。史規より二年先輩に当たる佐倉が、苦笑を浮かべて高代の肩から雪を払う。

「そっか？　っと、到着連絡を入れておくか」

軽く答えた高代は、ザックから無線機を取り出して避難小屋への到着を報告する。他のグループも目的の小屋やテント場へと到着しているらしく、ボソボソと天候についての情報交換をする声が漏れ聞こえてくる。

史規は、戸口に突っ立ったままの塩見を振り向いた。

「どうした？　荷物、下ろせよ」

「あ、はい。……なにもなくてよかった」

ぼんやりとしたライトに照らされた塩見の端整な横顔は、なんとなく緊張を孕《はら》んでいる。

ボソッとつぶやかれた一言で、そういえば……と思い出した。

「塩見って、そういや怪だ……」

見かけ倒しと言えば失礼かもしれないが、塩見は警備隊でも抜きん出た体格の持ち主のクセして『怪談』の類《たぐい》が一切ダメらしい。初めて知ったときは、馬鹿にして笑うよりも唖然としてしまった。

怖いのはダメだという自己申告通り、しばらく閉鎖されていた無人の避難小屋に足を踏み入れるときは、たいていいつも緊張しているのだ。

「わーっ、そうです。ビビリですみません。忘れててくださいっ」

防寒用のグローブを装着したままの手で、グッと口を覆われた。冷たい。しかも、お世辞にもキレイなものとは言えない。

「……っ、塩見。せめて汚ねぇグローブを外せっっ」

「あ……すみません」

自分の手に視線を落とした塩見は、申し訳なさそうな顔で素直に謝罪を口にして背負っていたザックを小屋の隅に下ろした。

本人はビビリだと言うけれど、実際の現場では臆《おく》することなく切り立った崖や岩だらけの斜面を下るのだ。眉をひそめるような状態の遺体でもきちんと収容して引き上げるのだから、怪談嫌いくらいは大目に見てやろうと思える。

きっちり襟元までしめていた上着のファスナーを少しだけ下げて、深く息をついた。開放感に包まれる。

「おまえら、仲がいいんだな」

無線連絡を終えたらしい高代が、史規の背中越しに声をかけてくる。ピクッと頬を引き攣らせた史規の代わりに、塩見が答えてくれた。

「音羽さんとは、一番年齢が近いので……」

その言葉に、傍観していた佐倉が割り込んでくる。

「年齢的には、オレとも二つくらいしか違わないだろー。音羽と塩見は、浅田さんの被害者仲間なんだよな。まとめて遊ばれてる」

「……俺より、音羽さんですかね。反応がいいから」

塩見の言葉につられたように三人分の視線が自分に集まってきて、史規はわざと特大のため息をついた。

あえて黙殺しようとしたのに、高代が余計なことを言い出す。

「まぁ、史規は昔っからそうだよな。無視すればいいのに、いちいち突っかかるからおもしろがられる」

わざわざ旧知の仲だと言い出した高代に、史規はグッと眉を寄せた。

案の定、そのことを知らなかった佐倉が驚きを含んだ声を上げる。視界の端に映る塩見は、無言で目を瞠《みは》っていた。史規と高代がそれほど親しいと、思っていなかったのだろう。

「あれ、高代さん音羽のこと昔からっていうほど知ってましたか？　でも確か、高代さんが休職するのと音羽が入隊するのって、入れ替わりで……」

「大学の時、一年だけかぶってたんだよ。俺が史規をワンゲル部に入れた」

「ああ……なるほど。へぇ」

わざとか?

こうして、学生時代からの知り合いだと周りに知られてしまったら、高代を無視することができなくなる。

じわじわと、外堀を埋められていくような気分だ。

「とりあえず……湯を沸かして飯にするか。史規、バーナー」

「……はい」

塩見と佐倉、二人に妙な態度だと思われないように振舞わなければならない。

なにも考えていないような顔をしていながら、変なところで頭の回転がいいのだから……タチが悪い。

高代への恨み言をつぶやきつつ、ザックを探って湯を沸かすための携帯型ガスバーナーを取り出した。

「で、だ。そのスミスってヤツが、救助犬に頭を下げて真剣に頼んでたんだよ。『お願いだミカエル！　君のドッグフードを一口でいいから分けてくれないか！』ってさ」

「あははは！　って笑ってるけど、気持ちはわかりますね。どうしようもなく腹が減ったら、ドッグフードでもうまいだろうなぁ」

「あー……まぁそうだな。ただな、塩分が限りなくゼロだから味気ないぞ。スパイスを振れば食えないこともないけど」

「……高代さん、食ったんですか」

「食った。すげー味だった」

その途端、お世辞にも上品とは言い難い笑い声が響く。警備隊は男所帯なので、たいていいつもこんなものだ。ただ、酒が一滴も入っていないのにこのテンションの高さを保てるのは、ある意味立派だろう。

史規は無言でカップラーメンのスープを飲み干し、盛り上がる二人から目を逸らした。カップラーメン一つでは足らず、たんぱく質を多く含む固形の栄養補助食品を齧《かじ》る。

何気なく横を見ると、笑いながら高代と佐倉のやり取りを傍観している塩見と視線が合った。

「音羽さん、高代さんって……やっぱりなんとなく浅田さんと似てますよね」

塩見は、他意なく感じたままを口にしたのだとわかっている。だから、イラッとする自分を抑えて淡々とした声で答えられるよう努めた。

「……そうかもな。好物がヒトってあたりとか」

「好物がヒト？」

怪訝《けげん》な表情で聞き返してきた。

根が真面目な塩見は、言われたことをそのまま受け取る傾向がある。冗談交じりの抽象的なたとえが、瞬時に理解できなかったのだろう。

史規はため息をついて、解説してやった。

「人を食ったような……って言うだろ。摑みどころのなさと、本気と冗談を絶妙にブレンドさせるところも共通しているか。タチ悪ぃ」

「なるほど。音羽さん、よく見てますね」

「別によく見てるってわけじゃ」

なぜか焦った気分になり、ムッとしながら言い返す。

その言葉は、中途半端なところで途切れてしまった。なにかが、背後からズッシリとのしかかってきたせいで。

「そこのワカモノ二人よ、なんか知らんが楽しそうだな」

低い声が耳に流れ込んできて、反射的に肩を震わせた。

背中に漬物石を乗せられたような気分だったが、重石の正体は高代だったらしい。背を曲げて圧迫されているせいで、息が詰まりそうだ。

「ッ……退《ど》いてくれませんか」

この男には、自分が規格外のサイズだという自覚がないのだろうか。史規も、デスクワークのサラリーマンとは比べ物にならないほど鍛えているつもりだが、この『熊』とは張り合う気にもならない。

「なんだ、死にそうな声で。もうちょっと背筋をつけろよー」

自分が貧弱なわけではない。あんたが重いんだ。

悪態は口に出して言うことができず、無言で顔を背けた。睨みつけたせいで、うっかり目が合ってしまいそうになったのだ。

「こうしてじっくり顔を突き合わせるのが初めてな塩見には、どんな話をしてやろうか」

仕方なさそうにのしかかっていた史規の背中から離れた高代は、史規の背中をポンと軽く叩いて塩見に話しかけた。

気軽にスキンシップを図るあたりからも、この男の無神経さを再認識する。

「……楽しい話か、役立つ話をお願いします」

うっかり怪談を始められてはたまらない、と。わずかな緊張を含んだ塩見の声が語っていた。

「ッ……」

誰にでも苦手なものはある。

塩見は真剣なのだから、笑っては申し訳ない……と、史規は込み上げてくる笑いの衝動を必死で我慢した。

「役立つ……かぁ。でも、教訓を含んだたいていの話は、コレまでにあちこちから聞いているだろ。高校からワンゲル部か?」

「はい、一応」

「だったら、なおさらなぁ……。カムエクの話とかは、初っ端に聞かされるだろうし」

「カムエク……?」

高代のつぶやきに、塩見が怪訝そうな声で聞き返した。佐倉と目が合った史規は、その苦いものを含んだ表情で佐倉は知っているのだと確信した。きっと、史規も同じような顔をしているはずだ。

塩見だけが、よくわかっていない顔をしている。まさか、本当にあの話を知らないのだろうか。

「一九七〇年の、福大《ふくだい》ワンゲル部のやつだよ。カムエク……正式名称、カムイエクウチカウシのヒグマ事件」

北海道の山を縦走中だった学生グループが、三日間に亘《わた》ってヒグマに追跡され、五人パーティーのうち三人までもが犠牲になったという悲惨な事件だ。

史規も登山を始めてすぐに聞かされたものなので、塩見が知らないのなら意外だ。高代も、意外だと隠そうともしない声で聞き返した。

「おまえまさか、知らないのか?」

「……はい」

塩見は、戸惑いの滲む顔で小さくうなずく。

「意外だな。……じゃあ、語ってやろう」

そう前置きした高代は、居住まいを正して右手に持っていた箸《はし》をカップラーメンの容器の上に置いた。

真面目な話が始まるという空気を感じたのか、塩見も背筋を伸ばしている。

山に登る人間にとっては、非現実的な超常現象とは比べ物にならないほど現実的かつ怖い話だが、怪談ではないから止める必要はないか。知らないのなら、知っておくべきことでもある。

そう思った史規は高代を止めることなく、自分の膝あたりに視線を落として語り始めた高代の声に耳を傾けた。

四十年近く前の事件とはいえ、登山雑誌などにも何度も特集されたものなので、高代の口からはよどみなく言葉が出てくる。

一日目の行程から始まり、巨大なヒグマとの遭遇……荷物を一度は奪われて、ヒグマの隙《すき》を見て取り返したというところで、そっと眉を寄せた。

目前に迫るヒグマの息遣い。逃げても逃げても執拗《しつよう》に追いかけられる恐怖を想像しただけで、絶望的な気分になる。

「……結局、彼らが犯した最大のミスはキスリングやザックをヒグマから取り返したことだな。ヒグマは執念深いから、一度自分のものにしたら放さない。どこまでも追いかけて、奪い返そうとする。ヒグマに襲われて亡くなった人間を、葬式の最中に民家まで押しかけて取り戻そうとしたって話もあるくらいだ」

これは高代自身から聞いた話だけれど、何度聞いても鳥肌が立つ。

ものすごく悔しいが、やはり真面目に語る高代の言葉は無視できない。否応《いやおう》なく惹きつけられる。

史規が登山服の上から腕をさすっていると、佐倉も同じように眉を寄せて自分の腕を撫《な》でていた。

無言で話を聞いていた塩見をチラリとうかがうと、ぼんやりとしたランプの灯りでも見て取れるほど青い顔をしている。

「あの……メチャクチャに怖いんですけど」

「アホ。怖いの一言で片づけんな。尊い犠牲の上に成り立った、貴重な教訓だぞ。道外に住む彼らは、ヒグマがどんなものか知らなかった。机上の論理ばかり詰め込んで頭でっかちになれとは言わないが、初めて足を踏み入れる場所に行く前は最低限の知識が必要だ」

頬を引き攣らせてコクコクとうなずくばかりの塩見は、言葉が出ないらしい。きっと、史規も初めて聞かされたときは似たような反応をしていただろう。

「同じ熊でも、ツキノワグマなんてかわいいもんだな。そうだ、プレデターって映画があるだろう。アレのモデルは、ヒグマだって話だ」

小屋の雰囲気がどんよりとしたせいか、高代が声の調子を少し変えると、ズッシリと重いものだった空気がふっと和らぐ。

相変わらず、こういう場面に関しては野生的な勘が働くくせに……どうして史規の空気は読めないのだろうか。

目的は知らないが、わざわざ史規の神経を逆撫でしようとしているのなら、大成功している。

「はぁ……プレデターがヒグマ」

塩見は、ほんの少し気の抜けた声でそうつぶやいた。佐倉も、高代の豆知識に苦笑を浮かべている。

それまで黙って話を聞いていた佐倉が、ポツリと口を開いた。

「事前に知識を……か。エベレストは……どんなところでしたか？」

「不思議な場所だよ。本当は、人間が足を踏み入れてもいいところじゃないなぁ。俺は基本的に無神論者だが、あそこだけは神の領域に近いものを感じたね。俺は、二度と行くことがないだろうな」

国内外を気の向くままに放浪している高代が、『もう行かない』と明確に語る山は初めて聞いた。

そこが、どんな場所だったのか。史規は想像するしかない。

「もう寝るか。夜明けと同時に出発だ」

腕時計を確認した高代が、天井に向かって両腕を伸ばしながらそう口にした。関節がパキパキと鳴る、やけにいい音が響く。

「……そうですね」

名残惜《なごり》しさを滲ませつつあっさり同意した佐倉は、この先……じっくり話を聞く機会などいくらでもあると思ったのだろう。室堂の派出所を開設して詰めるようになれば、嫌でも顔をつき合わせることになるのだ。

それに、明日も雪中歩行が待っている。学生のように夜更かしをして語るより、少しでも眠って体力を取り戻さなければならない。遊びではなく、自分たちは職務上の訓練として山に入っているのだ。

それぞれがザックから簡易寝袋を取り出して、身体を潜り込ませる。小屋に常備されている毛布など、じっとりと湿っている上に黴臭《かび》くて……よほどの非常時でなければ使う気になれない。

簡易寝袋は生地が薄いので、硬い床の感触がダイレクトに伝わってくる。それでも、身体を横たえることができただけでホッとした気分になった。

史規が、あえて高代から一番遠い……端を選んで横になったと、当の高代はわかっていないだろう。

身体は疲れているのに、目を閉じても変に脳が興奮しているらしく眠れない。

小屋の外からは、風を切る鋭い音が聞こえてくる。初めて雪山に連れてこられたときも、なかなか寝つけなかった。

あの日は、高代と並んで床に転がった。

……史規が眠れないことがわかったのか、高代は他の部員を起こさないよう小さな声で話しかけてくれた。

登山が趣味だという伯父に、初めて連れられていった山のこと。自分が、これまで登った山や、この先行ってみたいという海外の山。

その中で、高代は『呼ばれる』という表現を何度も使った。

山に魅入られた人間は、街の中にいても呼ばれるのだという。普通に生活をしていても、しばらく山から離れていると寝ても覚めても山のことを考えるようになり、なにを措《お》いても登らずにはいられない。

取り憑《つ》かれているようなものだ、と苦笑を浮かべて語る高代は、なぜかあきらめたような表情をしていた。

その、淡いオレンジ色のランプに照らされた高代の横顔が印象的だった。計ったようなタイミングで強く吹きつけた風がガタガタと小屋の小窓を揺らし、ゾッと産毛が逆立ったのを今でも憶《おぼ》えている。

自ら山に魅入られていると言うだけあって、その後も高代と行動していると不可思議なことが多々あった。

天気図は決して悪くないのに、高代が「なーんか空気が妙だな。今日はやめておくか」と言えば通過予定だった山道で大規模な落石があったり。

足元さえ見えない濃霧に包まれて方向を見失いかけたときに、ほんの数分だけ霧が晴れて逸れかけていたルートを修正できたり。

そのたびに高代は、『まだお呼びじゃないってことか』と笑っていたけれど、史規は笑えなかった。

いつか、本当に山の女神が高代を『呼び』そうで、非現実的な思考だとわかっていながら怖かったのだ。

この人を、人間の世界に繫《つな》ぎ止めたい。

せめて、可能な限り共に山登りをしようと考えていた史規の気も知らず、高代は一人でふらりと出かけることが多かった。

史規は、仕方がないかと……半ばあきらめた気持ちで、予告なくいなくなり突然帰ってくる高代を待った。

大学から帰宅してアパートの鍵《かぎ》を開けると、汚い登山靴が玄関先に置かれていて、風呂《ふろ》場から派手に音程の外れた鼻歌が聞こえてきたりする。

そのたびに、

「汚い服を洗濯機に突っ込むなよ！　一回外の水道で洗って、汚れを落とせっていつも言ってんのに」

などと文句を言いながら。史規がどれだけホッとした気分になっていたか……当の高代には永久にわからないだろう。

仕方がない。史規も、同じく山に惹かれる人間だから、高代の気持ちもわからなくはない。この男を理解できるのは、きっと自分だけだ。

そう……思っていた。二年前のあの日までは。

《四》

二日目は、見渡す限りの空が前日以上の分厚い雲に覆われていた。その雲が太陽の光を遮り、普段よりも夜明けが遅く感じる。

「出発だな。低気圧が日本海にあるが、幸い極端に発達したやつじゃない。この上を通過する前に、厄介な稜線を抜けよう」

「了解」

高代の言葉にうなずいて、床に広げてあった簡易寝袋を丸めた。ザックに突っ込んで、脱いでいた上着に袖を通す。

のんびりしている余裕はない。熱いコーヒーで固形の栄養補助食品だけを流し込み、出発の準備をした。

「昨日と同じ並びでいいか？」

高代の問いに、佐倉が「はい」と短く応える。

「はい」

史規も登山靴の紐《ひも》を結びながら、うつむいたまま返事をした。これから天候が崩れる可能性を考えると、高代に先頭を任せた方が都合がいい。

気に食わないところは無数にあるけれど、こういう場面での信頼感は絶対だ。高代に任せておけば、無理を通すことなく、かといって必要以上に慎重になることなく……的確に導いてくれるだろう。

硬い雪面を踏み、一歩ずつ歩を進める。自分の呼吸音とザクザク雪を踏む音、峰を抜ける風の音のみが耳に届く。

史規は、頭痛の芯《しん》があるような気がして軽く頭を振った。昨夜《ゆうべ》、あまり寝られなかったせいだろう。昨日の疲労が抜け切っていない。

その理由が、同じ空間にいる高代にあると自分でもわかっているので、情けない。

「おーい！　ガスが出たら、アンザイレンするぞ！」

前方から高代の声が聞こえてきて、ハッと顔を上げた。史規は足を止めることなく、声を張り上げて答える。

なにを考えているんだ。今は、ぼんやりしている場合ではない。

「はい！」

濃いガスが立ち込めて視界が悪くなると、互いの居場所を見失う前にザイルで繋ぐ。転落の危険がある箇所を通過する際にも、用いられることだ。

ただ、そうして繋ぐことにはリスクも伴い……一人が滑落すると他のメンバーを巻き込む可能性もある。

それを承知でアンザイレンするのだから、パーティー内で全員の信頼関係がなければ不可能だ。

自分のミスで仲間を危険にさらすことになる。そう我が身に言い聞かせて、改めて気を引きしめる。

風があることが幸いして、今のところはさほど濃い霧に包まれていない。

歩を進めているうちに、チラチラと舞っていた雪が本格的な吹雪《ふぶき》になってきた。斜め降りの雪が、バチバチと音を立てて登山服にぶつかってくる。

救助現場では、もっと悪条件の中、遭難者を背中に負って険しい山道を歩くこともある。二十キロ程度の荷物など、軽いものだ。

それでも、しばらく歩くうちに息が切れてきた。

ふー……と大きく息をついたところで、前方から風の音に負けない音量で高代の声が聞こえてくる。

「そこ、端に寄りすぎるなよ！　風のせいで雪庇《せっぴ》がせり出しているから、下手に踏んだら落ちるぞ！」

今までは幅三十センチほどの稜線を歩いていたけれど、前方の風が抜ける場所に目を向けると足場の広さが三倍ほどになっている。

これがクセモノで、足場が広がったとホッとしてはいけない。風に煽《あお》られた雪がツララのように横に向かって伸び、その上に新たな積雪があるだけなのだ。山が仕かけた罠《わな》のようなものと言ってもいい。

雪庇の厚さにもよるが、踏み抜いてしまったら滑落することになる。引っかかる木などもないので、数百メートルは止まることがない。

「わかりましたー！」

史規は大声で答えておいて、傾斜四十度ほどの白い斜面を見下ろした。新雪部分が表層雪崩を起こした形跡がある。

二月の積雪が少なかったわりに、三月に入ってすぐの頃に二、三十センチ積もったのだ。雪面の滑りやすい条件が整っている。

春山登山のシーズンとなり、大勢の登山者が押しかけてくるとどうなるやら……と思いながら吐息をついたところで、史規は白一面の斜面に違和感のある色彩があることに気づいた。

「……あ、れ？」

数回瞬きを繰り返し、マジマジと凝視しても、蛍光オレンジという自然界に存在しない色は変わらずそこにある。

目の錯覚ではない。

立ち止まっている史規を不審に思ったのか、振り向いた佐倉の声に名前を呼ばれて、右手を大きく挙げて答えた。

「おい、音羽?」

「佐倉さん! あれ……見てください」

「なんだ? 高代さん、塩見! ちょっとストップしてください!」

前方を歩く二人に声をかけておいて、佐倉が二メートルほどの距離を引き返してくる。史規の隣に立ち、指差す方を見下ろした。

「わかりますか? 蛍光オレンジの……なんだと思います?」

布の端のようにも見えるが、かなり距離があるせいか、ここからではそれが『なに』か明確にはわからない。

しばらく無言で斜面を見下ろしていた佐倉は、腕を組んで首を傾げた。

「ああ……オレンジだな。でも、なんだろう。雪と風が邪魔だな」

ソレが雪に埋もれているせいもあるが、風混じりに吹きつけている雪が史規たちの視界を白く霞《かす》ませている。

風の音が邪魔をして、腹から声を出さなければ会話することもできない。

「どうした?」

立ち止まったまま二人で顔をつき合わせて話していると、塩見を伴った高代が佐倉の背後に立った。

史規に代わり、佐倉が斜面を指差す。

「あれ、わかりますか？　音羽と二人で、なんだろうって話していたんですが」

「ん？　……オレンジだな」

高代なら、野生の勘で正体がわかるかもと少し期待したが、やはり色しか判別がつかないらしい。

首を捻って、考え込んでいる。

「なんでしょうか。布の端っぽいですが……ここしばらく、遭難者が出たって話はないですよね」

塩見も、マジマジと同じところを見下ろして首を傾げた。

布の端のような感じ、か。風にヒラヒラしているところを見ると、やはり史規と同じように思うらしい。

でも、遭難者の情報はないはずだという塩見の言葉に、佐倉がうなずいた。

「少なくとも、オレは聞いていない。だよな、音羽」

「おれも聞いていませんね。……入山者が全員、素直に入山届けを出してくれているなら……ですが」

一応、ツアー登山を含めて山に入る前にはパーティー人数や出発地に目的地、ルートを含む行程計画、装備品等を記入した届けを出すよう呼びかけている。

でも、強制することはできないせいで、ふらりと山に入る人は後を絶たない。

結果として、帰宅しないという家族からの連絡で初めて遭難の可能性を知ることになる。そのパターンで厄介なのは、いつどの山に入って、どんなルートでどこへ向かおうとしていたのか……推測で動くしかないというところだ。

捜索場所を絞り込むことができず、広げた山岳地図を見下ろした隊員全員が途方に暮れた気分になる。

家族や、山へ行くことを知っていた知人が遭難の可能性を考えて届けてくれるならまだいいが、誰にも告げずに山へ来た単独登山者が道迷いや滑落で行方不明になった場合は、ハッキリ言ってお手上げだ。

山岳警備隊は、常に山のプロフェッショナルであろうと努力しているが、万能ではないし超能力者でもない。

「どうします？」

問いかけなのか、自問なのか。塩見のつぶやきは大きな声ではなかったけれど、妙にハッキリと耳に届いた。

誰かが口を開く前に、史規が答えた。

「……降りて、確かめる。万が一、登山者が埋まっていたら？　ただのゴミなら『徒労だった』で済む話だ」

他のメンバーの意見を求めるまでもなく、オレンジ色のものに気づいた時点でそう決めていた。

見過ごしていいものか、否か。きちんと確認しなければ、ここから動けない。

ただ、独断で勝手な行動を取ることはできないので、高代か佐倉が許可を出してくれるのを待つ。

「ああ……直接確かめるしかないな。……誰が」

高代がうなずき、では誰が行くのかと議論になる前に、

「おれに行かせてください。見つけたのは、おれです」

史規は、そうキッパリ言い切って右手を挙げた。自分以外の誰かに行かせる気は、頭からない。

反対する理由もないのか、さほど間を置かず高代から答えが返ってくる。

「よし、じゃあ史規が行け。残りは、上でフォローする」

「了解」

「ハイ」

佐倉と塩見がうなずいて、一斉にザックを雪面に下ろした。

行かせてくれるという高代に軽く頭を下げた史規は、自分もザックを下ろして雪面を降り

る準備に取りかかった。

ザックの中を探り、携行しているロープやカラビナ、スリングを取り出す。装着の手順は、頭で考えなくても身体に染みついている。

登山靴に取りつけたアイゼンの刃から雪の塊を削ぎ落とし、しっかり雪面を踏みしめられるようにした。

「準備はできたか?」

「はい。OKです」

支点とするピッケルを雪面に打ち込み、史規の身体に装着してあるハーネスとロープで繋ぐ。ロープの端は上に残るメンバーが確保してくれるので、史規自身は雪面の状態と自分の足元に留意すればいい。

そうして準備を整えているあいだに、風雪がますます激しくなってきた。

「いいか、少しでも危険だと思ったらすぐに戻ってこい。絶対に無理を通すな」

いつものん気な高代も、当然のことだが緊張を帯びた真剣な声で話しかけてくる。史規は、大きくうなずいてグッとロープを握った。

「……はい」

スッと息を吸い込み、シャーベット状の雪を踏みしめる。手の中でゆっくりとロープを滑らせながら、斜面を下った。

目に映るのは白一色だ。

自分の呼吸音、ザクザクと雪を踏む音、鋭い風音……単調な音の中で、神経が研ぎ澄まされていく。

二十五メートル、三十メートル……と下り、ピンと張ったロープの小刻みな振動が手のひらから伝わってくる。

このロープの長さは、五十メートルだ。でも、目的の布はもう少し下なのだ。あとちょっと……二、三メートルくらい。

比較的、斜面の傾斜角度がゆるくなっている棚状のところに、引っかかっている感じか。

「は……っ、最近、崩れた感じだ……な」

足の下に感じる雪面は、普通であればもっと硬いはずだ。

ザクッとした新雪の感触とも違う。この一ヶ月以内に、小規模な雪崩が起こっているのではないだろうか。

史規がそう考えたところで、頭上から高代の声が落ちてきた。

「おーい、史規！　人間じゃないってことだけわかったら、戻ってこいよ！」

「もうちょっとです！」

辛《かろ》うじて声は聞こえるが、斜め降りの雪がカーテンのようになっていて三人の姿は見えない。

まだ人か否かはわからないし、あとほんの少しで手が届きそうなのだ。ここまで来て引き返すことはできない。

「……人間じゃなさそう……か？」

オレンジ色のものから五十センチほどの距離まで来ると、ようやくその正体がおぼろげながら推測できた。

半分以上雪に埋もれているが、タオルかストールの端に見える。ただ、その下に人間が埋もれていないという確証はない。

史規は左手でロープを摑んだまま、オレンジの布に向かって右手を伸ばした。ロープが行動を制限していて、ほんの少し届かない。

チッと舌打ちした直後、左手で握ったロープからこれまでと違う振動が伝わってくる。不気味な地響きのような音が耳に入り、全身の産毛が逆立った。

直感が、身の危険を告げている。

「ッ……！」

「おい、史規っ！　……ぞっっ！」

遠くから高代の怒鳴り声が聞こえたような気がしたけれど、史規の耳には届かなかった。

地鳴りを伴う激しい震動と共に足元が揺らぎ、それまでピンと張っていたロープがフッと緩む。

崩れる！

そう理解した直後、真っ白な雪煙が史規の全身を包み込んだ。

雪面自体が崩壊すれば、ロープは用を成さない。この体勢では、雪崩の軌道から逃れることも不可能だと判断して、咄嗟《とっさ》に両手を口元にやると身体を丸くして受け身の体勢を取る。非常時に、どうすればほんの少しでも生存率が上がるか。頭ではなく、身体に叩き込まれている。

激しい衝撃と轟音《ごうおん》が襲いかかり、ただひたすら身を丸くすることでやり過ごそうとした。もうダメだ、とは思わない。どんな状況でも、あきらめることは死に直結している。

そうして身を丸くして、どれくらいの時間が経過しただろうか。

現状を確かめようと思う余裕ができたときには、静寂が史規を包んでいた。自分の、激しい動悸のみを感じる。

ドクドク……耳の奥で響く音が、生きていることを実感させてくれる。

「……っ」

目を開けても視界は暗く、全身が圧迫されていた。手足を動かそうとしたけれど、巨大ななにかに押さえつけられているみたいだ。

……斜面が雪崩《なだれ》って、埋まったな。そう冷静に分析した。

訓練で、あえて雪に埋められたことがあるからわかる。幸い、両手で口を覆って空間を確保していることで、しばらくは呼吸ができそうだ。

目が暗さに慣れると、ぼんやりとした光を感じる。自力で這《は》い出すのは難しそうだが、それほど深く埋まっている感じではない。

こうなれば、闇雲《やみくも》に暴れようとせず静かに助けを待つのが鉄則だ。下手に酸素を使えば、それだけリミットが早くなる。

信号を発するビーコンは携帯している。稜線から崩れたわけではないだろうから、あの三人が……高代が助けに来てくれる。

自分はただ、ここでおとなしく待てばいい。絶対に、助け出してくれるとわかっている……。

浅く息をして酸素の消費を最低限に抑えながら、目を閉じた。

閉じた瞼《まぶた》の裏に思い描くのは、高代の姿だ。あの、グローブのような無骨な手が、自分を引っ張り出してくれるはず。

冷たい雪に全身を圧迫されていても、高代の手の熱さを思い浮かべるだけで不思議と落ち着いた気分になれる。

この場面で無意識に高代の姿ばかり思い浮かべる自分が、いかにあの男を頼りにしているか。知りたくなどなかったのに、否応なしに突きつけられた。

そうして、どれくらいの時間が経ったのか……。

ザク……ザク、と。

雪を掘る音が聞こえてきたような気がするけれど、都合のいい幻聴か現実かあやふやになっていた。

伏せた瞼越しにでも、突然視界が明るくなったのがわかり、ビクッと目を見開く。

「史規！　見つけたっ！　大丈夫かっっ」

無意識に右手を伸ばすと、痛いほどの力で手首を摑まれた。グッと引っ張り上げられて、冷たい空気が一気に喉へと流れ込んでくる。

反射的に深く息を吸い込んでしまい、冷えた空気に噎《む》せた。

「……っ、ゲホッ、い……じょうぶ、です」

「よく無事だったな。偉いぞ」

高代の声が落ちてくるのと同時に、蹲《うずくま》って噎せる史規の背中を力強く叩いてくれる。呼吸が落ち着くと、グローブを外した手が頰を包んできた。

思わずうつむこうとする顔を、上向かされる。高代は、怖いくらい真剣な目で史規を見ていた。

「ぁ……」

「怪我は？」

「大丈夫、そうです。どれくらい崩れました、か？」

答えながら、視線を逃がす。高代は、今、初めてまともに視線を絡ませたと……わかっているだろうか。

ずっと、目が合わないように逃げていた。こんな場面だと、触るなと手を叩き落すこともできない。

冷たかった頬が、高代から伝わってくる体温で少しずつぬくもりを取り戻していく。

「幅が八メートル、長さが十五メートルくらいか。もともと脆《もろ》かったところにおまえが踏み込んだことで、表層がズルッと滑ったんだな。それほど大規模に崩れたわけじゃないのが幸いだった。予想より雪がやわくて、支点が抜けた……ってのは言い訳だ。上でしっかり支えてやれなくて、悪かった」

史規が刺激したせいで、表層雪崩が起きてしまったらしい。

高代の言う通り、表層部分のみの崩落なのが幸いだった。あと、新雪で雪質が軽かったのも運がよかった。

もし深いところから崩れていたり水分を含んだ重い雪だったりしたら、無傷では済まなかったはずだ。それに、簡単には掘り出してもらえなかったに違いない。

「そ……ですか。オレンジ色の正体は、わかりましたか？」

「タオルの切れ端だ。少なくとも、この周辺に人が埋まっている感じはない。今の崩落でも、出てこなかった」

遭難者の姿はない、という言葉にようやく身体から緊張を抜くことができた。

ふっと息をついたところで、頬を包んでいた高代の手が少し離れて……パンと両頬を打ちつけられる。

「ぃてっっ！　なにすんだ！」

反射的に文句を口にすると、高代は厳しい表情で史規を睨んでいた。普段のヘラヘラしている顔からは、想像もつかない迫力がある。

大学のワンゲル部に引っ張り込まれてすぐの頃、史規たち新人に基本を教え込んでいたときの高代を思い出す。

「俺は、無理して深追いするなと言ったよな。どうして、戻らなかった。それとも、一度崩れた……弱い雪面だと気づかなかったか？」

確かに、無理をするなと言われていたし史規自身も雪面が脆そうなのはわかっていたことだ。

それでも登り返さなかったのは、あと少しで手が届くという意地を通したせいだった。自分は大丈夫だという、根拠のない自信もあったかもしれない。

「……あと、少しだったんです。おれが、甘かったと思います。すみませんでした」

自分が悪いと自覚しているので、素直に謝罪を口にする。

自分の意地のせいで、他のメンバーに迷惑をかけた。迷惑をかけただけでなく、もう少しで恥をさらすところだった。山岳警備隊の看板を背負っている以上、テリトリーである山で遭難するわけにはいかない。

「頼むから、一番に自分の身を守ってくれ。……おまえを現場に行かせたくない、なんて女々しいことを思いたくない」

予想外の言葉に驚いて、高代と視線を絡ませようとした。

目が合う直前、高代は逃げるように史規から顔を背けてしまい、頬にあった手も離れていく。

「……佐倉と塩見に連絡だ」

低い声でボソッとつぶやくと、高代は懐から無線機を取り出した。史規に背中を向けたまま、短く無事発見の報告をしている。

冷たい雪面に座り込んだ史規は、深く息をついてようやく周りを見回した。

小規模な雪崩だったとはいえ、思ったより流されているようだ。Vの字になっている谷の底近くにいると思われる。相変わらず細かな雪混じりの風が吹きつけていて、視界もよくはない。

この状況で救出のため斜面を降りてきてくれた高代に、改めて心の中で感謝した。安全とは決して言えないからこそ、佐倉と塩見を止めて自分が降りてきたに違いない。

「史規」

「はいっ？」

無線連絡を終えたらしい高代が、振り返って声をかけてくる。史規のすぐ手前まで歩を進めると、クッと笑って手を伸ばしてきた。

「雪を払うくらいしろ。真っ白だ」

「ぁ……すみません」

大きな手で、雪まみれになっているであろう頭をバサバサと払われる。小さくつぶやいて、首をすくませた。

いつもの史規なら、高代の手を振り払って気安く触られることに反発するが、さすがに今はそんな気力など残っていない。

屈《かが》めていた腰を伸ばした高代は、史規の二の腕を掴んで引っ張り上げながら話しかけてきた。

「ここを登り返すのは無理だと判断した。俺たちは、佐倉や塩見と別ルートで剱の集合場所に向かう。他のメンバーにも了解を取った。それでいいな？」

「……わかりました」

史規に、反対できるわけがない。高代がそう判断したのなら、後をついていくのみだ。

高代と二人で、別行動……か。

複雑な気分になったけれど、今は私情を挟んでいる場合ではないとゆるく首を振る。

稜線へ戻れないことを想定していたのか、高代はザックを背負ったまま降りてきたらしい。雪の上に置いてあったザックを拾い上げ、史規の傍に戻ってくる。

「ほら、予備を貸してやる」

毛糸の帽子を頭にかぶせられて、ゴーグルを差し出される。史規自身のものは、いつの間にか脱げてどこかへ行ってしまった。

「……ありがとうございます」

幸いなのは、ピッケルはバンドでハーネスに繋いでおいたので、流されていないことだ。それに、これが身体に刺さらなかっただけでもラッキーだった。滑落や転倒のはずみで携行していたピッケルの刃が太腿《ふともも》の動脈を傷つけ、出血多量で命を落とす……ということも珍しくはない。

「歩けるか？　負ぶってやってもいいぞ」

「歩けますっ。どこもなんともありません」

ザックを背負いながら軽い口調で話しかけてきた高代が、自分をからかっているのだとわかっていた。それでも、ムキになって言い返してしまう。

……笑われて、喜ばせるだけなのに。

「谷沿いに行って、冬期小屋を目指す。これ以上天気が崩れないうちに辿り着くぞ。ペースを上げるから、ちゃんとついてこいよ」

「……はい」

二十キロはあるザックを背負った高代とは違い、史規は荷物を持たないので身軽だ。雪崩に巻き込まれたダメージがゼロとは言わないが、高代に後れを取らない自信はあった。高代は地図や方角を確認した様子もないのに、迷うことなく歩き始める。もたもたしていたら置いていかれそうだと、慌ててその背中を追いかけた。

高代に、背負われたり……「大丈夫か？」と手を取って歩かれるのだけは嫌だ。そんなふうに、庇護《ひご》されたいのではない。

可能な限り、対等に。できるなら隣に並びたいのに、理想と現実はかけ離れていて……あれから二年が経っていても、背中を追いかけるので精いっぱいだった。

日が落ちる直前になり、ようやく小さな小屋に辿り着いた。

湿気をたっぷり含んでいるせいか、建てつけの悪い小屋のドアを強引に開けた高代が、先に入っていった。

「ふー……到着、だな」

背負っていた巨大なザックを入り口の脇に置き、天井に向かって腕を伸ばしながら大きく

息をついている。

「あれ？　なにやってんだ、史規」

入り口のところから動こうとしない史規を振り返り、目線で小屋の中へ入るよう促してくる。

「お邪魔します」

のろのろと足を動かして、簡素な避難小屋へと入った。ルート的にあまり登山者が多くないせいか、避難小屋の利用者も少ないのだろう。昨日のものより、さらに小ぢんまりとしている。

入り口で登山靴を脱ぎ、板張りの室内に入ると全身から力が抜けた。

「ぁ……れ」

操り人形が糸を切られたような状態となり、唐突にペタリと床に座り込んでしまったことに自分でも驚く。

唖然としている史規の前に、高代が片膝をついた。

「どうした？　気が抜けたか」

「……いえ、なんでもありません」

目を合わせないように意識しながら、硬い声で言い返す。簡素とはいえ、きちんと屋根のある小屋は風雪を遮り、静かだ。

高代と二人だけだということを、唐突に実感した。

「俺に怪我を隠してるんじゃあないよな」

視界の端にこちらへ伸ばされた高代の手が映り、露骨に身体を逃がしてしまった。

高代が鋼鉄ワイヤー並みに図太い神経をしているといっても、さすがにこの史規の態度には引っかかったらしい。

話しかけてくる声が、少し硬いものになる。

「おまえな、……ぁあ？　そんだけ腹の虫が騒ぐなら、元気だな」

わざとではないけれど、盛大に史規の腹が鳴ったことで高代の意識を逸らすことができたようだ。

嘆息した高代が床についていた膝を伸ばして立ち上がり、少し距離が開いたことにホッとする。

「そういや、昼飯を食いそびれてたっけ。飯にするか」

飯と言われても、史規の荷物は稜線上に置いてきてしまった。高代はザックを探り、ストーブ代わりにもなる小型のガスバーナーやステンレスのコップ、フリーズドライの食料を取り出している。

「おまえが食うくらいはあるぞ。後で請求したりしないから、安心して食え」

その言い方自体が、警戒心をかき立てるものなのだが……食えと言われたものを断る余裕

はない。

ほら、と。床に置かれたレトルト食品の容器を手に取った。

「いただきます」

「おー、しっかり食えよ」

笑みを含んだ声でそう言った高代は、ゴソゴソとバーナーを点けて湯を沸かしている。立ち上る湯気を目にするだけで、不思議と身体があたたまるような錯覚を感じた。

史規も……高代も無言で簡素な夕食を腹に収める。

佐倉や塩見と共にいたときは、『静かだ』などと微塵も思わなかったのに、今は息が詰まりそうなほどの静寂に包まれていた。

高代は、どうして黙っている？　いつもなら、どうでもいい……くだらないことをしゃべるくせに。

ガスバーナーの炎が、どこからともなく入ってくる隙間風に煽られてゆらゆら揺れている。その様子をジッと見ていると、ようやく高代が口を開いた。

「軽くストレッチをしておいた方がいい。足先も冷えているだろう」

「はい」

無愛想に答えて、分厚い靴下を脱いだ。湿っているが、史規には予備のものがないのでバーナーで乾かすしかない。

床に靴下を並べておいて、ストレッチ運動をした。軽いストレッチでも血行がよくなり、筋肉の疲労が軽減される。

伸ばしていた足首をいきなり摑まれて、ギョッと目を見開いた。

「ちょ……っ、なんですかっっ?」

「足のマッサージしてやるよ。しっかし本当に、あれだけ流されておいてよく無傷だったなぁ。頑丈なのはいいことだ」

淡々と言いながら、足首から足の裏にかけて揉《も》み解《ほぐ》される。脹脛《ふくらはぎ》の筋肉を摑まれて、息を呑んだ。

「い……っ、いたたた、高代さん嫌がらせですかっ?」

マッサージというには、不必要に力が入っているのでは。ジタバタと右足を取り戻そうとしたけれど、高代の手は離れていかない。

両手で摑まれて、グッと眉を寄せた。

「なぁ、史規」

「……」

不意に声のトーンを落として名前を呼ばれる。無視だ、無視。答えたら調子に乗るに決まっている。

黙殺を決め込んだ史規はわざと返事をしなかったのに、高代は気にする様子もなく言葉を続けた。

「俺、おまえになにかしたか？　ろくに目も合わせないし……」

「なにかしたか、だと」

無反応を貫こうという決意は、一瞬で崩れてしまった。不機嫌につぶやいた史規に、高代が顔を上げるのがわかった。

高代を蹴りつけたくなる衝動をなんとか抑えようと、身体の脇で両手を握りしめる。

「どうせ、いつもあんたは好きなことをして……おればかり振り回されるんだ。一人で、怒って喜んで……間抜けな道化だ」

唇には、自然と自嘲《じちよう》の笑みが浮かんだ。

もしかしてこの男は、史規が最後通牒《つうちよう》を突きつけたことさえわかっていなかったのではないだろうか。

だから、ヘラヘラと『富山県警に入ったんだな』などと、気安く話しかけてくることができたとしか思えない。

こうして腹を立てること自体が無駄だとわかっているのに、やっぱり感情を波立たせてしまう。

悔しい。悔しいのに……高代を無視できない。

ギリギリと奥歯を噛んでいると、高代はさらに史規の感情を逆撫でしてきた。

「なんのことを……もしかして、エベレスト行きを勝手に決めたことで、まだヘソを曲げてんのか？　でも、お袋より先におまえに知らせたんだ」

史規の必死の自制にも気づく様子もなく、相変わらず飄々とした声でそんな的外れなことを言うのか。

もう限界だった。

もともと史規は、クールな人間ではない。短気で、直情的な方だ。火山が溜《た》め込んでいたマグマを噴火させるように、一気に感情が噴出する。

「そういう問題じゃねーよ！　本当に無神経な男だなっ」

憤りを吐き出しながら、未だによくわかっていない顔をしている高代を睨みつけた。

《五》

強引にワンゲル部へ引き込まれてすぐの頃、十八歳の史規にとって高代雄大という人間は『なんだかよくわからないけど、すごい男』だった。

いろんな意味ですごいが、できるだけ関わらない方が身のためだとまで思っていたのに、何度か共に山登りをするうちに、史規の中で『特別』になっていった。

自分がどんなに頑張っても、こうはなれない。だから、うらやましくて……逞しさを憧《しょう》憬《けい》すると同時に、ほんの少し憎たらしい。

十八年生きてきて、これまで誰にも抱いたことのない感情は、名前のつけられない複雑なものだった。

特別といっても、恋愛感情ではなかったはずだ。史規は、一般的な男がそうであるようにやわらかな女性が好きだったし、高校時代から……大学に入ってからも、彼女が途切れることはなかった。

高代はといえば、よくわからない。人間はどうでもよくて、山に欲情すると言われた方が納得できるかも……とワンゲル部内では冗談めかして語られるほど、ふらふら山登りをしていた。

史規も、あの勝手な男を許して受け入れられる寛容な女がいたら、是非この目で見てみたいなと笑ったくらいだ。

だから、まさか……自分が、その『寛容な人間』になれるとは思ってもいなかった。いや、正確には『寛容』というより、『あきらめていた』だけなのかもしれないが。

すべての始まりは、『なにかの間違い』だった。


「……えーと……」

自分の置かれているよくわからない状況に、ぼんやりとつぶやく。頭の芯と身体の節々と、どちらがより痛いだろう。

なんとなく手のひらを見下ろし、タオルケットで隠れている自分の下肢を探る。感触で予想はついていたが、やはり真っ裸だ。

覚悟を決めてスッと息を吸い込むと、下肢を覆っているタオルケットを蹴り飛ばした。今は黒い髪しか見えないが……こちらに背中を向けて寝ている人間の、正体を確かめなければならない。

「うわっっ！」

その男らしい横顔には見覚えがあった。しかも、史規と同じく全裸だ。

この部屋の主なのだから、見知らぬ女や男がそこにいたよりは驚きが少ないと思うけれど……動揺は隠せない。

視線を泳がせた史規の目に、ガッシリとした肩と……広い背中に残る、生々しい爪痕《つめあと》が飛び込んでくる。

引っ掻《か》いた痕は、ところどころ乾きかけの血が滲んでいた。間違いなく、そこにつけられて間もない傷だ。

「な……に。おれかっっ？」

思わず自分の爪を凝視する。

ここには、史規と高代の二人しかいない。自分でなければ、器用にも高代自身があんなところを引っ掻いたことになる。

「そんなバカな……」

自分で、背中の真ん中あたりを引っ掻くアクロバティックな図を想像して、はは……と乾いた笑いを漏らした。

史規は自分が現実逃避しているという自覚のないまま、布団の周りに散らばっている服をかき集めた。

思い出せ。昨夜、なにがあった？

震えそうになる手で服を着込みながら、必死で記憶を手繰り寄せた。

『おー、史規。ただいま。もらいもんのいい酒があるから、飲みに来いよ』

そんなふうに高代から呼び出されたのは、夜の八時を過ぎた頃だった。電話の向こうから聞こえてくるのは、相変わらず脳天気な声だ。

この半月ほど姿を見なかったので、またどこかの山に行っていたのだろう。史規は『どこへ行っていたんですか』と尋ねる気にもなれず、ため息をついた。

こうして、突然呼び出されたり予告なく押しかけて来られることには、慣れている。

特に予定もなかったので、『いい酒』につられて高代のアパートを訪ねると、「山小屋で意気投合したおっちゃんからもらった」という日本酒が部屋の真ん中に鎮座していた。

高代がつい半日ほど前まで登っていた山の話を聞きながら、どんどん酒が進み……いつになく楽しかったのは確かだ。

自分がワンゲル部に引き入れて、基本から教えた……という意識があるのか、高代は部内でも格別に史規をかわいがってくれている。

史規の自惚《うぬぼ》れではなく、部内の誰もがそう認識していた。入部してから夏までの四ヶ月間に、史規だけを連れて山に行った回数は三度に上る。

史規自身は、他の先輩に「高代さんは、普段他人を連れていかない。たいていは、単独登山を好む」と聞かされて、初めて知った。

そうして高代に『特別扱い』をされることに、悪い気はしなかった。同性から見ても、彼の男らしさは格好いいものだったのだ。

自分が、高代のようにはなれないとわかっていたから、なおさら『男前』だと感じていた。

でも、妙な感情を持っていたわけではない。鍛えられた身体をほんの少しの妬《ねた》みが混じった羨望《せんぼう》の目で眺めても、触りたいとか抱きしめられたいなどと不気味な衝動に駆られたことは、一度もなかった。

その高代と、どうしてこんな……。

「……暑ぃ」

そうつぶやいた高代がゴロリと寝返りを打ち、Tシャツをかぶったところだった史規はビクッと身体を強張らせた。

ジーンズは……高代の向こうだ。

「史規？　扇風機つけてくれ……」

「は、はい」

寝ぼけているのだろうか。

ボソボソと扇風機をつけるよう言われて、手を伸ばした。年代物の扇風機の羽根が回り、そよそよと風が吹く。

息を詰めて様子をうかがっていても、高代が動く気配はない。

また眠ってしまったのならその隙に帰ってしまおうと、ジーンズを取るべく高代の身体越しに手を伸ばした。

指先が、硬い布に引っかかった瞬間。

「おい」

「うわぁっっ！」

寝転がったまま手を伸ばしてきた高代に背中を抱き寄せられて、自分でもギョッとするような声が出た。

冗談ではなく、心臓が止まるかと思った。バクバクと、全力で心臓が脈打っているのがわかった。

史規の驚きようは予想外のものだったのか、高代も目を丸くしていた。

「すげー声だな。俺はゾンビか、熊か？」

「どっちも遭遇したことがないので、わかりません！」

ジタバタと身体を動かして、高代の腕から逃れようとする。薄いTシャツ越しに高代の体温が伝わってきて、落ち着かない。

おろおろしている史規とは反対に、高代はいつもと変わらない声で話しかけてきた。

「おまえ、カラダは大丈夫か？　なんか……つい手が出た」

のほほんとした声でそんなふうに話しかけられて、気まずいとか腹立たしいとか感じるより先に、脱力してしまった。

「なんですか、その『つい』って」

「いや、おまえ抵抗しないし……いいのかなぁと」

頰に押し当てられた大きな手が思いがけず優しくて、カーッと首から上が熱くなった。それに、高代の言葉でうっすらと記憶がよみがえったのだ。

一升瓶に残る酒が、底から五、六センチとなった頃だったか。グラスを畳の上に置いた高代に頭を引き寄せられて、不意に唇を重ねられた。

一瞬、なにが起こったのかわからなかった史規が目を瞠ると、

「……逃げねーの？」

そうつぶやいた高代が苦笑して、史規の唇を親指の腹で撫でた。

その手をつかまえた自分は、「高代さんならいいや」などと、誘うようなセリフを口にしたのだ。

同性との口づけに嫌悪はなかった。特別扱いは気持ちよかったし、高代の大きな手で頭を撫で回されるのも嫌いではない。

高代が触れてくる理由も、自分が許そうとする理由もよくわからなかったが、不思議なほ

ど自然に高代の背中へと手を回した。

酔っていた。というのは、言い訳になるのだろうか？

断片的な記憶だけでも居たたまれなくなり、声もなく視線を泳がせる。全部思い出さない方が、自分のためかもしれない。

Tシャツ越しに背中を撫でられて、ビクッと身体を震わせた。

「痛いって泣いてたけど……俺、無茶したか？」

「お、思い出させないでください」

人前で泣いただと？　考えたくない。

だいたい、どうして高代は飄々としているのだろう。史規だけが動揺しているなんて、バカみたいだ。

「腹が減ったな。飯、食うか？」

「……っ」

さり気げなく頭を引き寄せられて、唇を触れ合わせる。勢いよく飛びのくと、上半身を起こした高代はクックッと肩を震わせた。

本当になんだ、この男は。

素面《しらふ》のキスに怒るでもなく……ただひたすら落ち着かない気分になっている自分も、どうかしている。

「いてて、おまえ容赦なく引っ掻いてくれたな」

自分の手で肩を撫でる高代に、もうなにも言えなくて。視界に入れないよう、無言で顔を背けて唇を噛んだ。

ジーンズを穿《は》いて、早々に逃げ帰ろうと思っていた。なのに、動けない。

「史規？　どっか痛いか？」

下肢にだけ衣服をつけて史規の前に立った高代が、そっと頭の上に手を置いて顔を覗き込んでくる。思いがけず優しい目をしていて、落ち着きかけていた心臓が再びトクンと大きく脈打った。

「……いえ」

「そっか？　座ってろ。簡単なものしかできないが、飯を用意してやる」

クシャクシャと髪を撫でて、また唇を触れ合わせてくる。史規は、指先一つ動かすことができなかった。

高代はなにを考えているのだろう。動けない自分は、どうしたのだろう。なに一つ答えが出ない。

……もしも、これが高代以外の男だったら。とっくに、問答無用で殴っている。

それだけは確かだった。

恋愛と言い表すことはできない。でも、身体は重ねる……。

高代が大学を卒業してからも、そんなあやふやな関係が続いた。

富山県警へ就職を決めた高代とは、頻繁に逢えるわけではなかった。でも、そのこと自体は大学時代と変わらない。

考えようによっては、どこにいるかわかっているだけ行き先も告げずに山へ出向いていたあの頃よりマシなのだ。

最上級生になる前には、史規は就職先を『富山県警』に決めていた。高代に黙って採用試験を受けたのだ。

配属先が決まってから、訪れよう……どんな顔をするだろうと、想像するだけで子供のようにわくわくしていた。機会があれば、すぐにでも山岳警備隊への配属志願をしようとまで決めていた。

そんな画策をしていた年明け間もない頃、珍しく高代が訪ねてきた。

予告なくやってきた訪問者に驚いて、史規はドアを開けた体勢のまま固まってしまった。数回瞬きをして、恐る恐る口を開く。

「雄大……いきなり、どうしたんだ？」

「よ、史規。寒いなぁ」

一般的な会社勤めをしている人間と違い、警察組織に属する高代の休みは不定期だ。それは知っているが、せめて訪ねてくる前に電話の一本くらいできないのだろうか。

言いたいことはいろいろあったが、思いがけず高代と逢えたのは嬉しかった。

前回顔を合わせたのは、一ヶ月半ほど前なのだ。それも、慌ただしく玄関先で抱き寄せられ、立ったまま下肢だけ服を脱がされて……。

そのときのことを生々しく思い起こしてしまいそうになり、史規はゆるく頭《かぶり》を振って思考から追い出した。

「外、寒かっただろ。コーヒーでいい？」

「ああ」

室内に招き入れた高代は、昨日もそこにいたかのように小さなコタツへと足を入れる。相変わらずの馴染みようだ。

もしかして、間もなく大学を卒業する史規の進路を気にしてくれていたのだろうか。どうするのか、直接聞き出そうとやってきたのかもしれない。

富山県警に行くことを、まだ高代に告げる気はない。どう誤魔化そう……。

コーヒーを淹《い》れながらそんなことを考えていた史規だが、事態は予想外の方向へ転がった。

高代は、マグカップをコタツの上に置いた史規が正面に座るのを待ちかねていたかのように、口を開いた。

「エベレストの登頂に参加できることになったんだ。今月末から休職して、ちょっくら行ってくる」

「……は？」

冗談か、別の言葉を聞き間違えたのかと思った。間抜けな声で聞き返した史規は、きっと表情も間の抜けたものになっていたのだろう。

こちらをチラリと見た高代が、ククク……と肩を震わせる。

「だから、エベレスト。そうそうないチャンスだからな」

「……それは、決定？」

「ああ」

決定かと尋ねた史規の声は、決して機嫌がいいとは言い難い硬いものだったはずだ。

それなのに、悪びれる様子もなくうなずいた高代のふてぶてしさに、ヒクッと頬が引き攣った。

そういうことは、一言でいいから決定の前に相談するものではないだろうか。国内の山に登りに行くのとは、わけが違う。

史規が目を据わらせたせいか、高代は珍しく言い訳じみた口調で言葉を続ける。

「考えてもみろ。エベレストだぞ。おまえだって、チャンスがあれば参加したいと思うだろうが」

エベレストか。

世界最高峰の景色は、どんなものだろうと……惹かれないわけではない。

近年まで人間を拒み続けていた山の頂に立つことができたら、最高の気分に違いないとも思う。

「そうかもね。確かに、そそられないと言ったら嘘《うそ》になる。……おれなら、独断で決めたりはしないだろうけど。なんで、決める前に一言でも相談しないいんだよっ」

これまで、一度も高代を責めたことはなかった。

史規も、山に登る人間だ。登山にはタイミングがあり、そのタイミングを逃したくないのはわかる。

特に、高代のように……本能のまま生きていると、いちいち綿密な計画を立てていられないだろうと想像することはできる。

そこまでわかっていても、場所がエベレストともなれば話は別だ。海外の山というだけでなく、危険度も高い。送り出すほうにも覚悟がいる。

感情のボルテージを上げる史規とは対照的に、高代は落ち着いた声で言い返してきた。

「相談つっても、誰になにを言われても俺の中での結論は同じなんだから、相談することに意味があるか?」

正論だ。高代らしいとも思う。

もし、史規が同じ立場だったらと考える。誰にどんな言葉で反対されたとしても、自分の中で決めてしまったことなら決意は揺るがない……。

それでも、だ。

「おまえなら、一緒に喜んでくれると思っていたんだけどな」

勝手な言い分に、ついに繋ぎ止めていたものがブチッと切れた。

高代自身には言うつもりのなかった言葉が、溢れ出てしまう。

「恋人には、普通一言くらい相談するもんだろ。いつもいつも、自分勝手にふらふら放浪して……あんたはそれでいいだろうよ。でも、帰りを待ってるおれの身にもなれよ！　今度は一緒に行くと言っても、毎回知らん顔で聞き流しやがって！」

コタツに手を打ちつけると、マグカップが揺れてコーヒーがこぼれた。でも史規は、そんなことも気にならないくらい頭に血を上らせていた。

この男が自分勝手だということはわかっていたが、なにが「おまえなら喜んでくれると思っていた」だ。

決定事項の連絡でさえなければ、「すげーな。オメデトウ」くらいは言ってやれたかもしれない。高代が少しでも迷う素振りを見せていたら、「こんなチャンス、そうそうないだろ。行ってくれれば」と背中を押したかもしれない。

でも、恋人に軽く「ちょっくらエベレストに行ってくる」などと言われて手放しで喜んでやれる仏のような人間がいたら、顔を拝んでみたいものだ。それも、決定したことの事後報告で……。

史規は、そこまで人間ができていない。

「なに黙ってんだ。言い訳があるなら聞いてやるよ」

都合が悪くなったら、黙り込んで逃げる気か。コタツの中で遠慮なく足を蹴りながら、なにか言えと高代を睨みつける。

それまで沈黙していた高代は、半笑いのような珍妙な表情を浮かべて、自分の頭に手をやった。

史規から目を逸らして、なにを言うかと思えば……。

「あー……恋人、か」

場にそぐわない、気の抜けた一言だった。その言葉が耳に届いた直後、史規は顔から血の気が引くのを感じた。

あー……恋人か？　どうして、そんな異国の言葉を聞いたような顔をしている？

まるで、『恋人』という単語を初めて知ったかのような。

好きだとか、つき合っているんだよな、とか。言葉で伝え合ったことも、改めて確認したこともなかった。

その必要がないほど、理解し合えていると思っていた。少なくとも、史規はそのつもりでこの三年半ほどを過ごしていた……。

すべて、独りよがりな思い込みだったのだろうか。

史規だけが恋人だと思っていて、高代は「後で言えばいいや」くらいの位置に史規を置いていた？

それとも、気が向いたときに文句も言わず抱かせる、都合のいい人間だというレベルでしかない？

じわじわと、身体の奥底から熱い塊が込み上げてくる。

自分の思い上がりに対する恥ずかしさなのか、高代への怒りなのか……虚《むな》しさなのか、正体のわからないもので胸がいっぱいになった。

コクンと喉を鳴らした史規は、短くつぶやく。

「……出ていけ」

自分でも驚くほど、感情のない声だった。

このまま高代を前にしていたら、自分がなにを言い出すかわからない。これ以上、惨めな思いをするのはごめんだ。

「史規？」

緊張感のない声で名前を呼ばれて、感情の針が一気にレッドゾーンへ突入した。

もうダメだ。冷静でなどいられない。

「今すぐ出ていけっっ！　エベレストだろうがマッキンリーだろうが、好きなところに好きなだけ行けばいい！　二度とおれの前にそのツラ見せんな！」

容赦なく高代の足を蹴りつけてコタツから追い出すと、立ち上がってコタツテーブルを回り込み、高代の腕を摑んだ。自分でも驚くほどの力で高代を引っ張り上げて、玄関に向かって背中を押す。

「おい……」

「うるせぇ、黙って出てけっ！」

なにか言いかけた高代を遮り、追い立てた。

もう、なにも聞きたくない。下手に口を開こうとしたら、みっともない涙声になってしまうかもしれない。

今はただ、一刻も早く高代を視界から消してしまいたい。

「……わかった。今日は帰る」

史規の纏う空気が鬼気迫るものだったのか、高代はそれ以上なにを言うでもなく史規が開けたドアから出ていく。

アパートの廊下に追い出し、扉を閉めようとして玄関先に残されている忘れ物に気づいた。

「……っ」

履き古された大きな靴を摑み、ドアの外に投げ出す。音を立ててドアを閉めたけれど、高代は最後まで困惑の滲む目で史規を見ていた。

どうして史規が感情を荒らげさせたのか、本気でわかっていないのだ。それが、悔しいのか哀しいのか……ぐちゃぐちゃに絡み合い、わけがわからなかった。

「ちくしょ」

閉じたドアに手をついて、深呼吸で気持ちを落ち着かせようとする。イガイガしたものが喉に詰まっているみたいだ。

どうして、史規が悪いことをしたような気分になっているのだろう。

廊下の気配をうかがっても、そこに高代がいるようではなかった。閉じたドアをノックするでもなく、追い出されるまま出ていって……あの男にとって、史規はその程度の存在なのだ。弁明の必要も感じないのだろう。

深く息をついた史規は、室内にとって返すと巨大なゴミ袋を手に持った。

タオル、シャツ、靴下……パンツも。

高代がここに置いていったものは、全部捨ててしまおう。目につくところから、あの男の痕跡《こんせき》を消してしまえ。

貴重な学生時代の三年半を、無駄にした。

ふらふら放浪する、あの無神経男の帰りを待って気を遣ったりせずに、さっさと彼女を作って青春を謳歌《おうか》すればよかった。

「バカ、無神経男、エロ魔人、ハゲちまえ」

追い出したばかりの男の顔を思い浮かべ、ぶつぶつと呪詛《じゅそ》を吐きながらゴミ袋に高代の私物を突っ込んでいく。

ゴミ袋の口を縛ると、場所をキッチンスペースに移して燃えないゴミに取りかかった。箸に茶碗《ちゃわん》、マグカップ……中身の残っている酒瓶は、もったいないから後で腹に収めてしまおう。

三年以上に亘って持ち込まれた高代の私物は思っていたより多くて、ますます史規を苛立たせる。

「なにがエベレストだ。ちょっくら行ってくるだと？　雄大なんか、エベレストに登ったまま……」

腹立ち紛れの勢いに任せたとしても、縁起でもない一言は口に出せなかった。マグカップをグッと摑んだ史規は、唇を噛んで冷蔵庫の前に座り込む。

悔しい。メチャクチャに腹が立つ。高代の私物を捨てて自分の生活空間からあの男の痕跡を消したとしても、山に登れば嫌でも思い出すだろう。

でも……。

「ちくしょ、無事に帰ってきやがれっっ！」

そう、願わずにはいられない。

どれだけ腹立たしく思っていても、史規は、山の女神が今回もあの男を人間の世界に帰してくれるよう祈るのだろう。

帰りを待つ存在があるのだから、まだ自分のものにしないでくれと……ひたむきに。

「おれ、……バカじゃね……っ」

史規は座り込んだままの体勢で、頭を抱えてつぶやいた。

山の女神とあの男を取り合う自分は、本気でバカじゃなかろうか。高代自身は、迷うまでもなくあちらを選んでいるようなものなのに……。

こんなふうに振り回されるのは、もうごめんだ。

史規は必死で自分の周りから高代を追い出して、あの男との三年半を封印した。奥歯を噛みしめて、自分の中から『高代雄大』という男の存在を消したのだ。

あれは、たった二年前のことだ。いくら高代でも、まさか本当に忘れているわけではないだろう。

《六》

最後の会話を思い出したのか、高代はふっと表情を曇らせた。

「日本を出る前に、おまえのアパートに寄ったんだ。でも、引っ越してた。携帯の番号まで変えただろっ。ワンゲル部の連中も、連絡がつかないって困ってたんだ」

高代が訪ねてきたのが、いつなのかは知らない。

だいたい、大学近くのアパートから引っ越すのは当然だ。卒業と同時に、富山へ移り住むことになっていたのだから。

どうして高代は、史規を責めるような言い方をしているのだろう。逆ギレか?

「こちらに帰ってから、おれに連絡しようと思ったんですか?　……あんな別れ方をしておいて、なにごともなかったかのように逢おうって思えること自体が、無神経だって言ってんだよ!」

ぼんやりとしたバーナーの炎が、高代の顔を照らしている。

こんなふうに言われて、さすがに腹を立てているだろうと思ったけれど、高代はなんとも形容し難い表情で史規を見ていた。

飄々としている高代を前に、またしても史規は一人で頭に血を上らせている。

「あんたにとって特別で……恋人だなんて一人で思い込んでて、バカみたいだろ。結局、こうやって追いかけるみたいにして山岳警備隊に所属しているし。別にっ、本気で追いかけてきたわけじゃないからそれは誤解するなよっ」

つけ足した一言は、言い訳じみたものだと思われたかもしれない。

もちろん、高代の後を追うことが目的で山岳警備の仕事に就いているわけではないのは本当だ。精鋭ぞろいと言われている組織の一員として、使命感とプライドを胸に山と向き合っているつもりだ。

そもそものきっかけは不純だったかもしれないが、今では山岳警備隊員であることに誇りを持っている。

不格好な岩登りを初めとしていくつも失態を見せているが、浮ついた気持ちで山岳警備隊にいると、高代にだけは思われたくない。

「……まぁ、それはそうだろ。だいたい、軽い気持ちで警備隊にいられるわけがない。浮ついた気分で入っても、一ヶ月……どころか、最初の訓練で脱落だな。この数日の訓練を見ていたし、こうして一緒に行動していたらわかる。おまえは立派な隊員だ」

山岳警備隊員が日々繰り返している、厳しい訓練を知っているがゆえの言葉だ。きちんと認めてくれているのだと思えば、少しだけホッとした。

「変なコト言って、すみませんでした」

勢いで、ずいぶんとみっともないことを口走ったような気がする。いまさら後悔しても、一度口に出した言葉は消すことができないとわかっているけれど……。

落ち着きを取り戻すと、恥ずかしさが込み上げてくる。史規はうつむいて顔を隠し、高代に背中を向けようとした。

「手、放してください」

投げ出している足を引っ込めようとしても、高代は史規の足首を掴んでいる手を放してくれなかった。

バタつかせようとしたら、ますます強く指が食い込んでくる。

「史規。一つ引っかかったんだが……恋人だと一人で思い込んでて、っていうのはどういう意味だ？」

「……ッ、バカな発言は忘れてください」

二年も前のことを未だに引きずっているのか、と。女々しさを突きつけられたような気分になった。

史規自身が、こんな自分を一番嫌悪している。高代が絡むと、らしくない部分ばかり露呈させてしまう。

「忘れられるわけないだろう。俺は、今でもそう思っているからな」

高代の声が耳に飛び込んできた瞬間、史規は逃れようともぞもぞしていた身体の動きをピタリと止めた。

顔を見なくてもわかる。真面目な声だ。冗談を言っている雰囲気ではない。

足首に食い込む指を、痛いと感じないほど驚いた。

「……はぁ?」

顔を上げて、高代と視線を合わせた。

今でもそう思っているという言葉の、真意を確かめなければならない。『そう』とは、どこにかかる言葉なのだろう?

「なんだよ、その顔。二年前も……今でも、おまえは俺にとって特別だ。ただ、なんでおまえが怒ったのかがわからん」

一言も聞き漏らさないよう、耳に神経を集中させた。

薄ぼんやりとした光がもどかしい。高代の顔が、はっきりと見えない。

「……」

「なぁ、史規。おまえがいるから、山から戻ってこれるんだ」

足首を掴む高代の手が、熱い。指の食い込む痛みは、そのまま高代の執着を表しているみたいだった。

でも、手放しで浮かれることなどできない。

「なに……勝手なことばかり言ってんだよ。おれが恋人って言ったとき、わけがわからんって顔をしてたくせに。なんだよ、あの『あー、恋人』って微妙な反応！」

あんな些細なことを二年も根に持っていたのかと、笑われるかもしれない。

それでも、ぶつけずにはいられなかった。あの瞬間、史規は奈落の底に突き落とされたような衝撃を受けたのだ。

「待て、それが原因で俺を追い出したのかっ？　あれは……おまえの口から改めて『恋人』なんて単語を聞かされて、その……照れくさかったんだ。だから、変な反応をしちまっただけで」

「……バカじゃねーのっ！」

思わず、そんな言葉が口を突いて出た。自分も、高代も。二人して『バカ』ではないだろうか。

「自分でもバカだと思うよっ。あんなふうに怒っていても、おまえは絶対に待っていてくれると勝手に思い込んでいたんだ」

うつむいてそう言いながら、さらに力を込めて足首を握ってくる。骨がきしむのではないかと思うほどの怪力で、さすがに我慢できなくなった。

「ッ……雄っ、足、痛い！　逃げないから、ちょっと力を抜けって」

眉を寄せて痛みを訴える。

史規の中にはもう逃げる気力などなかったし、現実問題としてこの狭い小屋の中では逃げようがない。

高代の手から、ふっと力が抜ける。

「悪い。……史規、アルプスの峰を照らす朝焼けや、自分の手も見えないホワイトアウト……キレイなものも厳しい自然も、おまえに見せてやりたいとばかり考えていた。離れているあいだも、俺の傍にはおまえがいるみたいだった。帰るために待たせるんじゃなくて、おまえと同じ景色を見たい」

高代の口から出た言葉だとは信じられなくて、無言で目を瞠る。

一人で、ふらりと……思いつくまま山に登っていた。今度は連れていけと訴えても、口先だけの約束で実行された回数は数えるほどだ。

同行者など、邪魔だとばかりに単独登山を好む男が……同じ景色を見たいと、史規をかき口説《くど》いている。

震えそうになる手を、グッと握りしめた。頭では「勝手なことを」と憤るべきだと思っているのに、心が高揚する。

「なぁ、これからも俺の傍にいてくれ」

たったそれだけで、すべてを許そうとする自分が悔しい。

山から離れられないくせに。山に愛されているくせに、史規の心も欲しがるのか。

「史規っ」

返事をしない史規に焦《じ》れたのか、両手で二の腕を摑まれる。震えそうになる奥歯を嚙みしめて、高代を見上げた。

怖いほど真剣な目で、史規を凝視していた。いつも飄々としている男が、必死になっている。

もう……ダメだ。悔しさはぬぐい切れないのに、高代を突っぱねられない。

「山の女神と、おれ……どっちを取る？　おれだって言い切れたら、あんたの言う通りにしてやるよ」

あえて女々しい質問を投げかけた。バカらしいとは思わない。高代は、いつか本当に山の女神の手を取りそうで……怖い。

高代はかすかに眉を寄せて、史規の質問の意図を考えているようだ。急《せ》かすことなく返事を待っていると、数秒の沈黙の後ハッキリとした声で答えた。

「おまえだ。……証明できるぞ」

「な……ッ」

大きな手で頭を摑まれたかと思えば、躊躇《ためら》う様子もなく唇を重ねられる。無遠慮に潜り込んできた舌が熱くて、肩を震わせた。

一際強く風が吹きつけて、ガタガタと小屋を揺らす。山の女神が嫉妬《しっと》しているのではないかと、半ば本気で感じた。

「雄……、なにっ、ぁ」

唇を放した高代は、首筋に噛みつくようにして顔を埋《うず》めてくる。悪寒に似たものがゾクゾクと背筋を這い上がり、史規は首をすくませた。

「すまん。久々におまえに触ったら、ストッパーが完全に外れた」

そう言いながら、登山服の裾《すそ》から手を突っ込んでくる。さすがにおとなしく触られることはできなくて、身体を逃がしながら高代の肩を叩いた。

「嘘だろっ。やめろ、バカ！　仕事中……っ」

「わかってる」

わかっていない。逃げようとする史規を無視して、アンダーシャツの内側にまで手を潜り込ませてくるのだ。

どうして、ここでそんな気になれるのだろう。

「やめろって！　ぁ……！」

「止まらないって言ったろ。……無茶はしない。ちょっと触るだけだ。な？」

「だけ、って……言って、も。冷て……っ」

その『ちょっと』が、どこまでを意味しているのかわかったものではない。この男は、本能で生きている人間なのだ。

素肌に触れられるとさすがに冷たくて、グッと息を呑む。殴ってでも止めなければならないのに、身体が動かない。

さっきから激しく吹きつける風が、史規を責めているみたいだ。

……高代が誰のものか、知らしめてやりたい。

そんな、非現実的な気分が込み上げてきた。

高代を魅了する山で抱かれる。自分に執着していると、誇示できるのだ。その、優越感にも似た複雑な思いが、史規から抵抗の気力を削いでいた。

「あんたは、おれのものだよ。山には渡さない」

「……ああ」

吐息をついて身体から力を抜くと、高代の頭をそっと抱いた。

口づけていた史規の首筋から顔を上げた高代は、よくわかっていない表情をしていたけれど、短く肯定してくれる。

空中で風がぶつかり合う音が響き、微笑を浮かべた。

「好きにしていいけど、明日歩けるだけの体力は残しておいてくれよ」

「きつそうなら、こっそり背負ってやる」

真顔の高代は、半ば……いや、八割くらいは本気で言っているのかもしれない。

ここで引き返せないのは、お互いさまか。そう思った史規は、高代と目を合わせて微笑を浮かべたまま、唇を触れ合わせた。


小屋の中とはいっても、空気が冷たい。

着ているものを脱ぐことはできず、登山服の中に手を入れた高代は、史規の背中や脇腹を撫でながらもどかしそうにつぶやいた。

「見たい……つーか、舐《な》め回したいなぁ」

「なに言ってんだ、バカ」

最初は冷たかった高代の手も、今はもう冷たいと感じない。

肌を撫で回す手のひらは、熱いくらいだ。自分に触れることでそうして体温を上げているのだと思うだけで、たまらない気分になる。

高代の腿を跨《また》いで膝立ちになっている史規は、床が硬くて膝が痛ぇなー……と眉を寄せた。

「二年だぞ。見て、変化を確かめたい。……肩や腕にも、ちょっとずつ筋肉はついた感じだな。でも、太さはそれほど変わらないか」

「っ、そういう、体質……。おれが筋肉太りしてた方が、よかったか？」

同じように鍛えていても、見るからに筋肉質な身体になるタイプと、筋肉の質が変わるだけで外見的にはあまり変わらないタイプとに分かれるのだ。

史規は後者で、トレーニングを重ねても高代や浅田のように服の上からでも見て取れるほど『いい身体』にはなれない。

岩場で遭難者を背負おうとしたとき、たまに不安そうな顔をされるので、自分でも気にしているのだ。

「おまえだったら、どっちでもいい。俺よりゴツくなっていても、抱けるな」

そう言いながら腰を引き寄せられて、下腹部を密着させられる。

高代の肩に置いてある指先にピクッと力を入れた史規は、高代の顔を両手で挟んで見下ろした。

「……自分が押し倒されるとは、考えね……のか、よ」

「なに、おまえヤリタイのか？」

できるのか？　と。おもしろがる目をしている。

ここで、「やってやる」と答えて実行に移したら、余裕綽々《よゆうしゃくしゃく》の高代をギョッとさせることができるだろうか。

チラリと頭によぎったけれど、

「ぁ、ッ……考えたく、ね……な」

想像でさえ、脳が拒否した。

史規は基本的に女が好きだ。高代が相手だから受身にはなれても、自分から同性にどうこうしたいとは思えない。

しかも、こんな態に……。

「失礼なヤツだ」

声に出して言ったつもりはないが、顔に出ていたのかもしれない。高代は、苦笑を浮かべてズボンの中に手を突っ込んできた。

「ン……」

「余裕っぽくしゃべってても、その気じゃねーか」

「その気じゃない、とは……一言も言ってな、い」

手の中に握り込まれて、息を詰めた。

無駄口を叩いていなければ、妙に甘ったるい声が漏れてしまいそうなのだ。

高代の方こそ、余裕が残る声でしゃべっているのだから、自分だけ切羽詰まっていると思われるのはごめんだ。

ギリギリのところで意地を張る史規は、あえてかわいげのない態度を取る。

「……相変わらずだな」

高代は苦笑してそうつぶやき、指にゆるく力を入れてきた。史規はビクッと身体を震わせて、高代の肩にある手に力を込める。

喉を通る息が熱っぽい。

「ぁ、ッ……ん！」

「何人、オンナを抱いた？」

低い声で尋ねられて、思わず唇の端を吊《つ》り上げた。

普通ではない神経の男だと思っていたが、一応は気にしていたらしい。

「さぁ……な。あんたこそ、スイスの金髪美女とよろしくやってんたじゃね……の？」

自分の中から高代を追い出そうと、来るもの拒まずで乱れまくっていました……とは言えない。

気まずさを誤魔化したくて質問で答えると、意外な言葉が返ってきた。

「俺は、おまえだけだ。この二年のあいだも、恋人だと思ってたって言ったろ？　浮気はしない主義なんだよ」

「……」

ますます、自分がどうしていたかなど言えない。

沈黙でだいたいの想像がついたのか、高代の周りにある空気が温度を下げた。機嫌を取ろうと、背中を屈めて唇を触れ合わせる。

「抱かれたのは、雄だけだ」

だから許せというのは、図々しいか。そうわかっていても、やってしまったことはどうしようもない。

肩を上下させて大きく息をついた高代は、史規と目を合わせることなく背中側からもう片方の手をズボンに潜り込ませてきた。

「ぁ……」

負い目があるから、やめろとは言えない。そうわかっていて、指を押しつけてくるのだろう。

「っあ！　……こまで、やる気……ッん！」

「俺は拗《す》ねた。でも、きちんと言葉にしなかった俺も悪いから、怒れねぇ」

史規と自分自身と、両方に苛立っているのだろう。拗ねた、などと衒《てら》いなく口に出してしまえるあたりは、高代らしい。

明日がキツイとわかっているのに、抵抗できなくなってしまう。

「……入れてーなぁ」

指先を浅く挿入しながら、妙に実感のこもった声でそうつぶやいている。強引にやればいいのに、遠慮するなどこの男らしくない。

嘆息した史規は、指先に硬い髪を絡みつかせて小さく答えた。

「い……から、入れろよ」

「男らしいな、史規。惚《ほ》れそ……」

冗談めかして言っているくせに、耳が赤い。史規と目を合わせようとしないのは、照れている顔を見られたくないのだろう。

恋だとか愛だとか、言葉にするのが苦手なのは知っている。甘ったるいセリフが似合わないのは、お互いさまなのだ。

今も、『好きだ』とは言われていない。でもきっと、これが高代なりに精いっぱいの譲歩で……この態がかわいいと感じる自分は重症だ。

「やんねーの？」

「……冗談だろ。ここで引けるかよ」

「ぁ！」

浅く潜り込ませていた指を、つけ根まで挿入される。史規は息を呑んで、高代の頭に抱きついた。

切羽詰まっているようでいて、無骨な印象の太い指は史規を傷つけることのないよう……そっと触れてくる。

その優しさがもどかしい。

「ん、ん……ぅ」

もっと、満たされる方法を知っている。身体の奥から、貪欲《どんよく》な欲求が湧《わ》き上がってくるみたいだった。

ズボンのウエストをずり下げられると、急いた気分のままアンダーごと蹴り落として高代の腿を跨ぎ直した。

「ッ、ぃ……ぁ、つっ！」

身体を沈めると、鈍痛が背筋を這い上がる。

反射的に眉を寄せて、グッと喉を反らした史規の腰を高代の手が摑んだ。

「おい、無理するな……ッて」

「うるせ……ッン！　は……ぁ」

浅い呼吸を繰り返して腹筋から力を抜き、なんとか受け入れる。薄く涙の膜が張り、木材が剝き出しになっている天井が滲んで見えた。

圧倒的な熱の塊が、身体の奥にある。忘れていた感覚が、一気によみがえるみたいだ。

「史規……、んとうに大丈夫か？　涙、滲んでる」

「ん、すげ……い、よ」

余裕のない声で名前を呼ばれて、唇をほころばせた。

今、高代の頭には史規のことしか存在しないだろう。そう思うだけで、苦痛がどこかへ行ってしまう。

ふ……と息をついた高代が、摑んだ史規の腰を軽く揺すった。

「あ、あ!」

「熱い……な。締めつけてくる」

「ッ……いい、か?」

高代の背中にすがりつき、かすれた声で尋ねる。

山登りよりいいかと、比較を迫ることはできない。でも、この身体でほんのわずかでも快楽を与えることができるなら、それでいい。

「ったり前、だろ」

大きく息をつき、遠慮を捨てた動きで突き上げてくる。強い力で腰を摑まれているので、身体を逃がすことができない。

頭の中が真っ白に染まり、余計なことを考えられなくなる。

「ひぁ! ぁ……っっ、雄……ッ」

高代の熱だけを感じながら、しがみつく両手に力を込めた。

絶対に、山には渡さないと。自分でも怖くなるほどの執着を込めて。

□□□

前日とは打って変わって、朝から快晴だった。風もほとんどなく、秋のような青い空が広がっている。

腰から下の感覚が鈍い。それでも、我を忘れたのは自分だ。遠慮がちだった高代を、煽った自覚もある。

だから文句を言うことはできなくて、黙々と交互に足を踏み出した。

前を行く高代が雪をかき分けてくれるといっても、平地ではないのだからきついことに変わりはない。

比較的緩やかな斜面を選んでくれているということはわかっていたけれど、稜線に上がる頃には荒く息をつくのでやっとだった。

「史規、大丈夫か？」

「……あー、たぶん」

振り向いた高代に、頼りない言葉を力なく返す。膝に手をついて肩で息をしていると、腕を摑まれてのろのろと顔を上げた。

視界一面に、雪をかぶった連峰が広がっている。

高代に連れられて初めてこの風景を目にしたとき、二度と北アルプスになど登るものかと思っていた誓いを一瞬で崩されたのだった。

「スイスアルプスに負けない光景だな」

「そ……ですか?」

大きく息をついて、その場にしゃがみ込んだ。

頭上は抜けるような青空で、足元には雲海が広がっている。

救助のためにヘリコプターを要請する際には恨めしい雲だが、今はただ素直に美しいと感じた。

「いつか、あの朝焼けや夕焼けをおまえと見たい」

隣に立ち、史規の肩に手を置いてそう言った高代の脚に、無言で頭をもたせかけた。

そして、茜《あかね》色に染まる峰を想像する。

同じ風景を見たいと高代に言わせる自分は、実は結構すごいのではないかと唇を緩ませた。

なんとなく甘ったるい気分になっていたけれど、頭上から響いてきた無線機からの声にビクッと肩を揺らした。

『おい、高代、音羽! 聞こえたら応答しろ。どこで道草食ってんだ。遅せーぞっ!』

「うわ、浅田さんっ」

高代が焦った声でつぶやいて、背負っているザックのサイドポケットから無線機を取り出す。

剱の集合地点へ向かっていたことを忘れていたわけではないが、一気に現実へと引き戻された。

史規に背中を向けて無線機に応答している高代の背中を、声を立てることなく笑いながら眺める。

高代も、浅田には敵わないのか。

両手を頭上に伸ばすと、吹きつけた冷たい風が頬を撫でる。

何度でも見せつけてやる。高代は渡さないからな、と。足の裏で踏みしめた雪面に目を落とした。

碧落の遥かに

《一》

頭上を、轟音《ごうおん》をともなった風が通り過ぎる。仰ぎ見た塩見《しおみ》の目に映る空は、鈍《にぶ》い灰色の雲に覆われていた。

「崩れるな」

共に行動していた浅田《あさだ》がつぶやき、それに応《こた》えるように一際強い風が身体《からだ》へとぶつかってくる。

塩見は、大きくうなずいて口を開いた。

「……ですね。注意報が出ていましたし」

「ああ……朝の時点では風雪注意報だったが、この感じだと夜には警報レベルになりそうだなぁ」

その言葉に、自然と足の運びが速くなる。今はまだ細かな雪だが、暴風雪となる前に室堂《むろどう》の警備派出所へ帰り着きたい。

この位置からだと、急ぎ足で……一時間弱というところか。自分と浅田の二人だから、もう少し早いかもしれない。

登山靴に取りつけたアイゼンの歯で積雪を踏みしめながら、慣れた稜線《りょうせん》を進んだ。ルートの確認や山岳地図など必要のないレベルで、このあたりの地形は頭に入っている。

黙々と歩き続けて、室堂警備派出所の入っている室堂センターに辿《たど》り着いたのは、日が落ちる直前だった。

グルリと室堂平《むろどうだいら》を囲むようにして聳《そび》える山々の稜線は、鈍い紫色の西日に縁取られている。これが快晴の夕暮れなら、燃えるような茜《あかね》色に染まるのだ。

登山服にこびりついた雪を払い落として、建物のドアを開けた。待機室となっている一室に入ると、パイプイスに腰かけていた同僚隊員の音羽《おとわ》が立ち上がる。

「お帰りなさい。お疲れさまでした」

「ただいま、っと。吹雪《ふぶ》いてきたぞ」

現在、室堂の警備派出所に待機しているのは、自分と浅田を加えた五人だ。昼前にここを出たときは別の隊員がいたので、音羽とその隣のイスに腰かけている高代《たかしろ》は今日の午後からの勤務でやって来ている。

一年で最も賑《にぎ》わう夏の登山シーズンが終わり、登山者の数が激減したことによって派出所に詰めている山岳警備隊員も数を減らしている。

壁にかけられたカレンダーは、もう十月だ。間もなく立山黒部《たてやまくろべ》アルペンルートが閉鎖になる。

ロープウェイなどの便利な交通手段がなくなり、容易に山へと入れなくなるのだ。アルペンルートの閉鎖にともない、立山センターが休館となるのに合わせて、この室堂警備派出所も約半年間の役目を終える。

「史規《しき》、いい血色だな」

防寒用のグローブを外した浅田は、笑いながら音羽の頰《ほお》に手のひらを押し当てている。音羽は、観光客から「格好いい」とか「キレーな顔」と持てはやされている顔をしかめて、その手を振り払った。

「浅田さんっ、冷たいんですが」

抵抗するタイミングをうまく摑《つか》めなくて、結果的にされるがままになってしまう自分とは違い、音羽は反射神経がいい。

そのせいで、反応をおもしろがった浅田をますますエスカレートさせている……と、本人は気づいていないのかもしれない。

「いてて、相変わらず威勢がいいな」

手を振り払われた浅田は、気分を害した様子もなく右手を振る。眦《まなじり》を吊《つ》り上げる音羽は、まるで背中の毛を逆立てている猫のようだ。切れ長の目とスッキリ整った容貌《ようぼう》のせいで、睨《にら》みつける表情は迫力がある。

「雄大《ゆうだい》、また史規を怒らせていたのか」

浅田は、音羽の気が立っている原因が、その隣にいる高代だと決めつけたようだ。

笑いながらそう言葉をかけると、高代も否定しない。

「……そんなつもりはなかったんですけどね」

どうやら、高代がなにやら言ったかしでかしたかで、音羽の神経を昂《たかぶ》らせたらしい。そのせいで、頬が紅潮していたのか。

黙って分析する塩見の前で、音羽は高代と浅田を睨みつけた。

「じゃあ、なんでもないのに怒ったってか？ そうやってデリカシーのない二人で、おれを悪者にしていたらいい。塩見、飯に行こう。今夜はシチューだってさ」

表情を曇らせてそう言いながら、大股《おおまた》でこちらに歩いてきた音羽にグッと腕を摑まれる。

塩見は断る理由もなく、引きずられるようにして食堂へ向かった。


「おまえ、よく黙っていじられてるなぁ。ちょっとでも抵抗しないと、ヤツらはいくらでも調子に乗るぞ」

大きなスプーンを右手に持った音羽は、『ヤツら』と言いながらチラリと高代と浅田に視線を向ける。

　音羽の視線の先……テーブルの隅にいる二人は、楽しそうに談笑しながら食事をしていた。浅田より七歳年下の高代は、警備隊内で『浅田二世』と呼ばれている。雰囲気や持っている空気感がよく似ているので、まるで兄弟のようなのだ。音羽曰《いわ》く、『だとしたら、メチャクチャにタチの悪い兄弟。すげぇ迷惑』らしい。

「……どうも、逃げるタイミングが摑めなくて」

「タイミングね。なんつーか、どんくせぇなぁ。まぁ、それがおまえのいいところだろうけど」

　音羽の年齢は、二十六歳になったばかりの塩見の一つ下で、警察組織の中では自分の方が先輩にあたる。

　それでも、この警備隊では音羽が一年先輩なのだ。だから、後輩として扱ってくださいと初対面のときにあいさつをしたら、その通りの接し方をしてくる。

　他《ほか》の先輩隊員は、当初は音羽に「いくらなんでも、それはどうだ。一応、塩見の方が一年上だぞ」と苦言を呈していたが、今では慣れたのかなにも言わなくなった。

　塩見にしてみれば、歳《とし》が上というだけで実際にここでは自分が後輩で……音羽に先輩ぶることなどできないので、こうして遠慮なく接してくれるのはありがたい。

「でも、音羽さんは反応がいいからこそ、つつかれるんですよ。……無視していたら、あの人たちもそんなに構ってこないと思うんですが。……たぶん」

塩見には浅田と高代の言動が読めないので、自信のない一言をつけ足してしまう。

シチューをすくったスプーンを銜《くわ》えたところだった音羽は、咀嚼《そしやく》して嚥下《えんか》すると、苦いものをたっぷり含んだ笑みを浮かべた。

「それができたら、とっくにやってるよ」

「……はぁ」

じゃあ、仕方ないですね。

思い浮かべたそんな一言を、口に出すことはできなかった。音羽本人が自覚した上でどうにもならないのであれば、塩見が助言できることはなにもない。

それに本気でいがみ合っているのではなく、音羽と高代の言い合いはコミュニケーションの一種なのだと……この半年ほど端で見ていた塩見もわかっている。

「そこの二人よ」

立ち上がった浅田に軽い調子で声をかけられて、今の会話が聞こえてしまったのかと首をすくめた。

「……なんですか?」

警戒を悟られないよう、意識して淡々とした声で答える。この人を前にしたら、自分など尻《しり》に殻のついたヒヨコだ。敵《かな》う日など、きっと一生来ない。

高代と目配せをしてこちらに歩いてきた浅田は、塩見と音羽がいるテーブルに手を置いて言葉を続けた。

「ここが閉鎖になって片づいたら、一区切りってことで打ち上げをするぞ。内輪の打ち上げっつっても間宮《まみや》センセも呼ぶし、……朝陽《あさひ》にも声をかけてみろ。真砂荘《まさごそう》の閉鎖も、ここと変わらん時期だろ」

浅田の言う間宮先生とは、夏のハイシーズンのあいだこのセンターの一角にある診療所で怪我《けが》人や病人に応急処置を施してくれていた、外科医だ。去年は付属病院から派遣されてきたが、勤務先を個人病院に移したとかで、今年の夏は付属病院からの医師が引き上げた後になってボランティア的に来てくれた。

その間宮が、どうやら浅田とただならぬ関係らしいと……知っているのは、警備隊では自分だけだろう。同時に、浅田の口から出た『朝陽』と自分の関係も、他の隊員は知らないはずだ。

しかも、朝陽は浅田と『カンケイ』のある時期があって……今でも、恋愛云々《うんぬん》ではなく互いに特別な存在なのだと、伝わってくる。それはある意味、恋や愛という絆《きずな》よりも強いものだ。

浅田にも朝陽にも言えないが、二人のやり取りを見ているとたまに複雑な気分になる。

そんな面子《メンツ》も入れての打ち上げか。居たたまれない気分になるのは、自分だけなのだろうか。どうして、浅田は平気なんだ？

「……」

即答できずに、戸惑いを含んだ目で隣に立っている浅田を見上げる。

浅田はそんな塩見を見下ろして、ククッと肩を震わせた。きっと、あからさまに「困った」顔になっているのだろう。

「なんだ、その顔。捨て犬みたいでカワイイじゃねーか」

笑いながら、グシャグシャと髪を撫《な》で回された。塩見の正面に座っている音羽は、「コイツがカワイイ？」と眉《まゆ》を寄せている。

確かに……立派な体躯《たいく》の持ち主ばかりの警備隊でも、一、二を争う上背と図体の塩見を表すには無理のある単語だ。

塩見自身でさえそう思うのに、浅田は楽しそうに絡んでくる。

浅田の矛先が塩見に向かっているのが幸いとばかりに、マイペースで黙々と夕食を食べ続けている音羽に話しかける高代の姿が目に映った。

「……史規さ、まだ怒ってんのか？　ミカンやるから、機嫌を直せ」

「おれを、ミカン一つで懐柔しようって？　ずいぶんと安く見られたもんだな」

「じゃあ、ヨーグルトもつける」

「……ふざけんな」

大先輩である高代にも、音羽はいつもの調子だ。大学時代からのつき合いらしいので、それだけ互いに心を許しているのだろう。

浅田も、先輩である高代に遠慮なく突っかかる音羽を咎《とが》めることなく、「やれやれ」と仕方なさそうな目で言い合う二人を見ている。

「……電話だ」

ふと真顔になった浅田が、無線などを設置してある待機室に顔を向けた。耳を澄ませば、かすかに電話の呼び出し音が聞こえてくる。

ここにいて、しゃべっていながらあの音を拾うことができる耳は……さすがだ。

立っていた浅田と高代が大股で食堂を出ていき、残された塩見と音羽も顔を見合わせた。

夜だから救助要請がないとは言えない。

助けを求められても朝までは動けないが、遭難者についての情報が入ってくることは多々ある。

他にも、山の異常についての連絡や日常の雑事などの連絡もあるが……電話や無線の呼び出し音には、毎回緊張する。

しばらく無言で顔を見合わせていたけれど、音羽が待機室を指差した。

「あっち、行くか？」

「ですね」

スプーンを置いた音羽と視線を絡ませると、うなずき合って立ち上がった。無駄な言葉を交わすことなく、自然と早足で待機室へと向かう。

塩見と音羽が部屋に入ると、硬い表情の浅田が受話器を置いたところだった。

「なんだ、おまえらも来たのか。……真砂荘からだ」

その瞬間、塩見の肩にピリッと緊張が走った。真砂荘とは、塩見にとって特別な存在である伊澤《いざわ》朝陽が管理する山小屋だ。

メジャーな登山ルートから外れていることもあり、小ぢんまりとした山小屋だが、登山者が数人宿泊することができる設備は整えられている。

その朝陽から、なにが……？

浅田は、自然と緊張の漂う顔になっているだろう塩見と目を合わせる。さすがに笑みはない。

「学生のグループが泊まっているらしいんだが、彼らが東大谷《ひがしおおたに》を通過するときに雪崩《なだれ》の痕《こん》跡《せき》を見たんだと。そこに、ザックらしきものがあった……とか。雑談ついでだったみたいだから、詳しいことはわからんらしいが。突っ込んで話を聞き出そうとしたのに、酔って寝ちまったそうだ」

雪崩の痕跡と、ザックらしきもの。

その二つが一緒になっていると、あまりいい状況とは思えない。高代が無言で大判の山岳地図を取り出して、待機室の中央にあるテーブル上へと広げた。

「……雪崩の情報自体は、引き継ぎのときに東野《ひがしの》さんから聞きました。登山者が巻き込まれたという話はなかったので、浅田さんには報告しなかったんですが。そのあたりにメモがあるはずです」

「あー……ああ、これか」

壁に向かった浅田は、掲示してあるメモの中から一枚を剝《は》がして手に持った。黒いペンで書き込まれた字が見える。

高代が引き継ぎの際に聞いたという雪崩について、発生場所等の詳細が書き留められているのだろう。

「この何年か、大きく崩れていなかったところだなぁ。朝陽に、学生たちが出発するに詳しく聞くように頼んでおいたから、一回確かめに行くか」

メモに記されている緯度や経度などの数字と、等高線の描かれた山岳地図とを照らし合わせた浅田が、独り言のようにつぶやく。

その瞬間、塩見の心は決まっていた。

「……俺も行きます」

浅田が、チラリと横目でこちらを見る。塩見の心の内まで覗《のぞ》こうとしているような、鋭い目だ。

別に、浅田と朝陽が顔を合わせる場に自分も、などと浅はかな考えから言い出したのではない。だから、真正面から視線を合わせた。

まぁ本音では……勤務中であっても、朝陽に逢《あ》えたら嬉《うれ》しいとは思うが。

「わかった。どっちにしても、朝になってからだ。今日は早めに寝ておくか。日の出と同時に、俺と塩見はここを出る。真砂に寄って話を聞いてから、現場まで足を伸ばす……ってことで、隊長には報告しておく」

浅田は、山岳地図をトンと指先でつついて塩見と自分が行くと宣言する。

塩見は、来るなと言われなかったことにホッとした。戦力としては、自分より高代の方がはるかに上なのだ。浅田が同行者に高代を指名したら、押しのけて「自分が」と言い張ることはできない。

腕組みをしていた高代が、ポツリとつぶやいた。

「俺と史規は、待機……ですか」

「他のところで事故があるかもしれないんだから、出払うわけにはいかんだろ。隊長を一人にしたら悲惨だぞ。……トシなんだから。暇なら近場をパトロールしてろ。応援が必要だと判断したら、連絡する」

「わかりました」

普段だと、浅田や高代には突っかからなければ損だといわんばかりの態度の音羽も、さすがに黙ってうなずいている。

視線を感じたのか、音羽が様子をうかがっていた塩見を見て、「気をつけろよ」と目で語ってきた。

塩見は大きくうなずき、広げられている山岳地図に視線を落とした。

□ □ □

派出所のある室堂から、真砂沢《まさござわ》にある『真砂荘』までは、通い慣れたルートだ。

平地では秋でも、山の上はすっかり冬だ。ここしばらくで積雪量が多くなり、足の運びは夏に比べれば遅いと思う。それでも、登山ガイドに書かれている行程予想時間の三分の二ほどで辿り着くことができる。

夜のうちに吹き荒れていた暴風雪は明け方に収まり、今日は抜けるような青空が広がっている。

積雪で白一面になっている斜面を下り、小屋まであと数メートル……というところで大型犬の吠《ほ》える声が聞こえてきた。

「ツルギのやつは、相変わらず高性能な耳を持ってるな」

朝陽が山荘で共に暮らしている相棒である『ツルギ』は、巨大なセントバーナードだ。人懐っこいので、自分たちだけでなくて警備隊員全員にかわいがられている。山荘を訪れる登山者のあいだでも、マスコット的な存在のはずだ。

山小屋の入り口で足を止めてゴーグルやグローブを外していると、扉の向こうから「早く入ってこい」と急《せ》かしてくる。

小屋の主《あるじ》である朝陽はクールなのだが、それをフォローするかのようにツルギが歓迎してくれているみたいだ。

「足音とか聞こえてるんですかね。気配を感じ取っている……とか？」

「両方かもな」

苦笑した浅田は、「開けるぞ」と塩見に予告しておいてから扉をスライドさせた。身構えておかないと、八十キロあまりあるという大型犬に突進されて弾《はじ》き飛ばされてしまう。

ツルギはドアを開けた浅田に向かうと思っていたのだが、塩見の前にいる浅田が要領よく身をかわし……こちらへ向かってきた！

「うわ！」

腹のところに頭から突っ込んでこられて、踏ん張り切れなかった。押し倒されて雪の上に尻餅《しりもち》をつくことになる。

しかも、上からのしかかられて顔を舐《な》め回されるというオプションつきだ。歓迎してくれるのはありがたいが、もう少し手加減してくれないだろうか。

「っ、あ……の、どちらか止めてくれませ……んかっっ」

浅田も、姿は見えないが小さな笑い声は聞こえる朝陽も、助けてくれない。ツルギにのしかかられて、よだれだらけにされている自分を、おもしろがって見ているに違いない。

「仕方ねーなぁ。よいしょ……っと」

「ツルギ。ステイ。戻っておいで」

ジタバタしていると、ようやく浅田に腕を摑まれて引っ張り起こされた。

ツルギは、朝陽に促されて小屋の中に戻っていく。元来頭がよく、聞き分けのいい犬なのだ。

ゼイゼイと肩で息をつく塩見を、朝陽は見飽きることのないキレイな顔に苦笑を浮かべて見ていた。

「お……お久しぶりです、朝陽さん」

浅田がいなければ、朝陽を抱きしめて言いたい言葉だ。こうして喜ぶ自分は、きっとツルギと同レベルに違いない。

それなのに、朝陽は落ち着いた声で返してくる。

「……五日前に逢っただろ」

その言葉に即座に反応したのは、浅田だった。クルリとこちらを振り向いて、後頭部を叩《たた》いてくる。

「なんだ塩見、非番の日でもやっぱり山に来てるのか。つーか、室堂を素通りするなよ。通りかかったら顔を出せ」

「やですよ。顔を出したりしたら、雑用を言いつけられるじゃないですかっ。俺は、朝陽さんに逢うために来るんですから……」

ここは、主張しなければならない。

そう思って言い返した塩見に、浅田はスッと目を細めて唇の端をかすかに吊り上げる。反抗した自分をおもしろがっている表情だ。

もともと妙な凄《すご》みのある容貌をしているのだから、そんな表情を繕うと迫力が倍増しになった。

「ああ？　塩見のくせに生意気だな」

冗談めかした調子で言いながら、こちらに腕を伸ばしてくる。さらに絡んでこようとしたところで、朝陽の声が割って入ってきた。

「……お二人とも、用事があってここまで来られたんですよね」

「あ、そうだった。忘れるところだった。ちょっと待て」

まさか本当に忘れていたわけではないだろうが、そう口にしていそいそとザックを探り出した浅田の様子に、小さく息をつく。

必要以上に絡まれずに済み、ホッと肩を上下させた。塩見と目が合った朝陽は、ほんのりと笑みを浮かべている。

……かわいすぎる。抱きしめたくて、手がウズウズする。

この人は、どうしてこんなにキレイなのだろう。自分より四つ年上のはずだが、浅田とはまた違う意味で年齢を感じない。

朝陽の記憶にはないらしい……でも、自分にとって忘れることのできない出逢いは、十年以上も前だ。

あの頃から変わっていないとは言わないが、常人離れしたキレイさに磨きがかかっているような気がする。

「で、どこだって？」

ふと真顔になった浅田が、山岳地図を広げて覗き込む。ついさっきまでふざけていたくせに……いつもながら、見事な切り替えだ。

朝陽は、すらりと長い指で地図の一点を指差した。

「ここです。かなり崩れていたみたいですし、雪が視界を邪魔していたそうなので……たぶんザックだ、というくらいにしかわからなかったそうですが。赤と紺の色合いから、岩とかを見間違えたのではないみたいですよ」

「あー……やっぱりそこか。一回下りて、回収してみるか。いいな、塩見」

振り向いた浅田に同意を求められて、うっかり朝陽の横顔に見惚《みと》れていた塩見は慌てて目を逸《そ》らした。

浅田が手をついている地図に視線を落として、大きくうなずく。

「あ、はい。とりあえず、現場まで行ってみますか」

「……ここから見えるなら、行かなくていいけどな。おまえ、見えるか？」

かすかな笑みを浮かべた浅田は、朝陽に気を取られている塩見に、そんな皮肉を投げつけてくる。

自分が悪いとわかっているので、唇を引き結んで首を横に振った。

「いえ。すみません。……今からだと、昼過ぎに着きますよね。行きましょう」

表情を引きしめて、床に下ろしていたザックを持ち上げようと屈《かが》んだところで、朝陽が声をかけてきた。

「二人とも、ちょっと待ってください。……簡単なものですけど、お昼を持っていってください」

そう言いながら、新聞紙に包まれたものを差し出してくる。自分たちのために準備しておいてくれたのだと思えば、胸の奥がジンと熱くなった。

「ありがとうございます！　いってきますっ」

ありがたく受け取り、手を握らんばかりの勢いで礼を口にすると、朝陽は苦笑を滲《にじ》ませて塩見を見上げてきた。

「気をつけて。……待ってるから」

「はい」

次の非番も、朝陽に逢いに来る。口に出すことなくそう告げて、受け取った包みをザックに仕舞い込んだ。

そうして塩見が自制しているのに……。

「ありがとな、朝陽。俺ってば、愛されてるねぇ」

「浅田さんっ！」

浅田はあろうことか、塩見の目の前で朝陽を抱きしめたのだ。思わず大きな声を発した塩見に驚いたのか、床に伏せていたツルギが頭を上げる。

浅田を引き剝がすという畏れ多いことはできなくて、朝陽を両腕で囲み自分に引き寄せた。

「……っ、あははは！　悪い悪い。おまえのだよな。じゃ、行くか」

塩見は予想よりもいい反応をしたのか、浅田は遠慮なく腹を抱えて笑った。行くか、と言いながらバンバン背中を叩いてくる。

腕の中にいる朝陽が、大きなため息をついたのが伝わってきた。

「二人とも……気をつけて。ほら、岳《がく》」

子供を嗜《たしな》めるような口調で言いながら、首を捻《ひね》ってこちらを見上げてくる。うっかり唇に視線が行ってしまい、ぎこちなく逸らした。

ダメだ。浮ついた気分で山を歩くわけにはいかない。

「すみませんでした。……また」

パッと両手を離して、朝陽を解放する。そそくさとザックを背負うと、ツルギの頭に手を置いて真砂荘を出た。

見渡す限り広がる真っ白な雪が太陽を反射して、銀色に輝いている。

「行くぞ」

「はい」

雪面の照り返しから目を保護するためのゴーグルとグローブを手早く装着して、浅田の後に続いた。

振り返らなくても、戸口のところでツルギと並んだ朝陽が、自分たちの背中を見送ってくれていることはわかった。

《二》

「あれだな。……俺が下りて、回収してくる」

双眼鏡を覗いた浅田は、そう口にするなり背負っていたザックを下ろして、手早くロープやハーネスを取り出す。

浅田なら、自分が行くよりも早くて確実だ。

そうわかっている塩見は、支点とするべく二本のピッケルを雪面に深く突き刺してロープの端を結びつけた。

近くに深く根の張った樹があればそちらを使った方が安全なのだが、この付近には見当たらないのだから仕方がない。

「はい。上でフォローします。……お気をつけて」

塩見の頭をよぎったのは、春先に行われた訓練での出来事だった。雪崩の現場に遺留物らしきものが……と、同じような場面があったのだ。

あのときは、音羽が雪面を下った。塩見たちは稜線上で待機していたのだが、予想していたよりも雪面が脆《もろ》く、想定外の広範囲で再び崩れてしまった。

文字通り命綱であるロープをくぐらせてあった支点まで抜けてしまったのは、自分たちの大失態としか言いようがない。

雪崩に巻き込まれた音羽を探すために、一人で斜面を下った高代から『無事発見』の連絡を受けた瞬間、その場にしゃがみ込んでしまうほど安堵《あんど》した。

「ああ」

塩見がなにを思い浮かべたのか、伝わったのだろう。浅田は表情を引きしめて大きくうなずき、危なげのない足取りで斜面を下っていく。

あの日との違いは、幸いにも晴れているということだ。塩見の位置からでも、浅田の姿がハッキリと目視できる。

三十メートルほど下ったところで、ロープの動きが止まる。ロープの端を『ザックらしきもの』に結びつけたのか、今度はゆっくりと登り返してきた。

時間にして、三十分と少し……というところだ。自分では、これほど手早く回収することができなかっただろう。

「……よいしょ、っと」

「お疲れさまです。やっぱり、ザックですか」

稜線に上がってきた浅田の手から、ロープを引き継ぐ。その先に結びつけられている、重量のある布の塊をズルズルと引き寄せた。

装着していたハーネスを外した浅田が、大きく息をついた。いつもは飄々《ひょうひょう》としている浅田も、さすがに呼吸が乱れている。

「布がすり切れてボロボロだ。結構な古さだな。ここから出てきたんじゃなくて、別の場所から流されてきたんだろ」

確かに……一目でわかるほど退色しているし、肩紐《かたひも》が片方千切れている。丈夫な素材にもかかわらず、ところどころ毛羽立っているようにも見える。数ヶ月や半年程度では、ここまで古びた雰囲気にはならないだろう。

引き上げたザックをあいだに挟み、浅田と二人でしゃがみ込んだ。無言で、まじまじと眺める。

「迷子札はついてねーか」

「……犬じゃないんですから」

指先で千切れた肩紐をつつきながらつぶやいた浅田に、思わず苦笑を浮かべる。

今の時点では、『拾得物』だ。

山に高価な金品を持ち込む人間はまずいないはずだが、値段は関係なく落とし主にとっては『貴重品』と呼べるものがこの中にあるかもしれない。

「室堂に持ち帰ります?」

「そうだなー……環境のためにも、ここに放置しておくことはできねぇな」

ひとまず、ザックの持ち主を特定しなければ……と思いながら、塩見は何気なく切れた肩紐をつまみ上げた。

元は紺色だったであろう生地に、黒っぽい糸で施された刺繍《ししゅう》が塩見の目に留まった。

「浅田さん、ここ見てください」

「ん？　読み取りづらいが、刺繍か？　名前だといいなぁ。どれどれ……頭がRで次はyか。で、o？　……Ha、s……hi……」

アルファベットを一文字ずつ読み上げていた浅田の声が、不自然に途切れた。

塩見は、そこから目を逸らすことができず……言葉もなくすり切れた刺繍を凝視するのがやっとだった。

『Ryo　Hashida』

確かに、そう読み取ることができる。

自分の心臓が、ドクドクと激しく脈打っているのを感じる。胸の内側から拳《こぶし》で殴られているみたいだ。

喉《のど》の奥になにかが詰まっているようで、息が苦しい……。

グローブを脱ぎ捨てると、なぜか小刻みに震えている両手で古ぼけたザックを摑んだ。

同姓同名の誰《だれ》かが、落としたものかもしれない。まだ、『彼』のものだと確定したわけではない。

でも、身体中を猛スピードで駆け巡る血液が、抑え切れない動揺を塩見自身に突きつけてくる。

「塩見」

「……」

浅田の声に、のろのろと顔を上げた。

浅田は、ゆるく眉を寄せ……真剣な目で塩見を見ていた。自分がどんな顔をしているのかわからない。

無言のまま浅田と目を合わせていたけれど、再びザックに視線を落とした。

「ひとまず、室堂に持ち帰ります」

この場で中を検《あらた》める度胸は、塩見にはなかった。

かすれた声でようやくそれだけ口にすると、浅田が小さな声で応える。

「……ああ」

刺繍で記された名前の人物が本当にザックの持ち主なら、塩見にとって『それ』がどういうものか。

すべてを理解している浅田は、不格好に震える手を揶揄《やゆ》することもない。

千切れた肩紐を摑んだまま無意識に仰ぎ見た空は、雲一つなく……どこまでも高く澄み渡っていた。

□□□

古びたザックが、ビニールシートの上に置かれている。

全体的に退色して、所々破れている。人工的な蛍光灯の下では、引き上げた稜線上で目にするよりもさらにボロボロになっているように見えた。

それを現在室堂に詰めている五人で囲み、無言で見下ろした。

「……塩見」

隊長に低く名前を呼ばれた塩見は、ビクッと肩を震わせて凝視していたザックから顔を上げた。

父親世代の隊長は、警備隊でのキャリアが三十年以上になる。

浅田と同様に、塩見とザックに記された名前の主との関係を含めたすべてを知っているはずだ。

眉間《みけん》に刻んだシワを解くことなく、塩見の肩に手を置いて立ち上がった。

「これをどうするか、判断はおまえに任せる。なにか問題があれば俺が責任を取るから、好きにしろ」

そう言い残して廊下に出ると、隊員たちの宿泊設備のある建物の奥へと歩を進めた。

責任は負うとだけ口にして、すべての判断を自分に委《ゆだ》ねてくれる。そのことに、グッと奥歯を噛《か》んだ。

「あの、俺たちも外した方がいいですか？」

高代が、珍しく遠慮がちに浅田へと尋ねる声が聞こえてきた。

浅田と塩見が神妙な表情で持ち帰ったザックが『なに』か、一言も説明をしていないのだから、わけがわからないはずだ。それでも、いつもと違う空気が漂っていることには気づいているのだろう。

高代の隣に屈み込んでいる音羽も、いつになく真剣な目でザックを見ていた。そうして眺めることで、正体を見極めようとしているみたいだ。

高代に答えるかと思った浅田だが、

「塩見」

と短く名前を呼ぶことで、知らせるか否かを塩見に決めさせようとしている。

高代と音羽。二人の目がこちらに向けられた。

普段であれば、「なんだよ、塩見。もったいぶらずに言えよ」と襟首を掴んできそうな音羽が、無言を貫くというだけで……自分がピリピリとした空気を纏《まと》っているのだろうと想像がつく。

「……高代さんと音羽さんは、どこまで知っています?」

浅田と目を合わせて、小さく尋ねた。警備隊の中でも、十年を越えるベテランであれば全員が知っている。

でも、高代は入隊六年目で、あいだに二年のブランクがある。音羽は、三年目だ。そして、塩見自身の口からこの二人に語ったことはこれまで一度もない。

「あー……雄、史規。橋田稜《はしだりよう》を知っているか」

浅田のそんな言葉に、高代と音羽が顔を見合わせた。二人共よくわかっていない表情で、わずかに首を捻っている。

「……名前だけは」

「俺も、名前だけですね」

高代の返答に、音羽も短く同意した。

名前だけ、か。

どの山で、いつ、誰が行方不明《ゆくえふめい》になっているか。わかる限りのリストは存在するはずだが、人数は膨大だ。

しかも、目にする機会はそう多くないはずで……それでも、山岳警備隊に属しているのだから知っていても不思議ではない。

「ってことだ。俺からは話さん。どうするか決めるのは、おまえだ」

やはり、詳しいことを話すか否かの最終判断は自分がするらしい。数回小さくうなずいた塩見は、膝《ひざ》を伸ばしてその場に立った。

高代も音羽も、信頼できる大切な仲間だ。なにもないのに進んで話すことではないが、こうして現物を前にして隠す気もない。

「長くなると思いますので……座りませんか」

待機室に備えられているパイプイスを指差した塩見に、高代と音羽は無言でうなずいて屈み込んでいた腰を伸ばした。


「うまく説明できるかどうか、わかりませんが……」

そう前置きして話し始めた塩見に、高代と音羽は真剣な表情で耳を傾けていた。

父と離婚した母につれられて籍を外れたので、今は『塩見』だが……約十年前まで『橋田』姓を名乗っていた。

橋田稜は、塩見の七歳上の兄になる。

年齢は少し離れていたけれど、登山を趣味としている父について自分たち兄弟も子供の頃から山登りをすることが多く、兄弟仲はよかったように思う。

大きな身体をしていた兄は、温厚な性格で面倒見がよく……多くの人に慕われていた。どちらかといえば引っ込み思案だった弟の岳とは違い、社交的だった。両親にとっても、自慢の息子《むすこ》だったに違いない。

その兄が、念願だった冬の北アルプスを縦走中に滑落事故で行方不明になったのは、大学四年の年の瀬だった。

大学の卒業と就職が決まり、学生時代最後の記念として厳冬期の北アルプスに挑んだと、同行していた山岳部員から聞いた。

期間にして二週間あまり、延べ一五〇人を擁しての捜索でも見つかったのはピッケルだけで、兄自身はおろか携行していた荷物さえ発見されなかった。夏の雪融けを待ち、さらに人数を投入して大規模な捜索が繰り広げられたそうだが……それでも手がかりは見つからなかったという。

本人不在の葬式を出して、一区切りをつけた頃……母親は父親との離婚を決めた。兄や自分に山の魅力を教えた父親が、どうしても赦《ゆる》せなかったのだ。母の前では、登山に関する話さえ禁句となった。

それにもかかわらず、富山《とやま》県警に就職を決めた塩見が山岳警備隊に入ると言い出したときには、当然の如《ごと》く猛反対を受けた。

絶対にダメだと、説明さえ聞き入れてくれない母親を説き伏せるのは予想以上に困難で、こうして山岳警備隊の一員となるまでに五年もかかってしまった。

いつか、未発見のなにかがひょっこり出てくるかもしれない。兄自身を見つけるとしたら、弟の自分だろう。

そう頭のどこかで考えながら、北アルプスを歩く日々が一年過ぎ、二年が経《た》ち……兄が行方不明になってから十年以上が経過した今となっては、ほぼあきらめていた。雪庇《せっぴ》を踏み抜いた兄が滑落したという地点を通過する際にも、癖のようになっていた谷を覗き込む回数が減った。

それなのに、どうして今になって……。

「……ザックの近くで、本人は？」

ぽつぽつと話していた塩見が言葉を切ると、高代が静かに尋ねてきた。

滑落の瞬間まで背に負っていたザックが出てきたのなら、本人も近くに……と。塩見も考えたことだ。

唇を引き結んでいる塩見に代わり、浅田が口を開いた。

「いや、見当たらなかった。これも、別のところから長い年月をかけて流されてきてるんだ。出てきた場所所が、橋田稜の滑落地点とは全然違う。あそこが雪崩で崩れなかったら、もっと移動していただろうな。本人は……どうかな」

浅田が、言いづらそうに語尾を濁した理由がわかる。

十年以上も経過しているのだ。もし、今になって兄が見つかったとしても……DNA鑑定でさえ困難な状態である可能性が高い。氷の下を少しずつ移動して沢にまで流されて、土に還っていることも考えられる。

あの頃の無知で無邪気な自分なら、雪の下なのだから冷凍状態になってそのままの姿で眠っていると信じていられたかもしれない。でも今は、多くの遭難者救助や遺体収容に携わり……現実を知っている。

全員が同じことを思い浮かべているのか、シン……と静まり返った。

「浅田さん、これ……少しここに置かせてもらっていいですか?」

部屋の隅なら、邪魔にならないだろう。もし、ここで保管するのに問題があるなら、自分のロッカーに……入らないこともないか。

そう思いながらおずおずと尋ねた塩見に、浅田はあっさりうなずいた。

「そりゃいいだろう。誰も文句は言わないはずだ」

「……母と……もう一人、このザックのことを知らせるかどうか、考えたい人がいます」

母親と、もう一人。

塩見がハッキリ口に出すことなく濁したそれが誰か、浅田にだけはわかっているはずだ。

「わかった。隊長には俺から言っておく」

イスを立った浅田は、ポンと塩見の肩を叩いて待機室を出ていった。高代と音羽も、無言で背中を叩いて退室する。

そうやって、一人の空間を作ってくれることに感謝した。

ザックと自分だけで残された塩見は、静かにイスを立ってもう一度ザックの脇《わき》にしゃがみ込んだ。

「……なぁ兄貴。なんで、今になって出てきた？　みんなが必死で探していたときに、出てこいよっ」

言葉を切ると一つ大きく息をつき、「聞いてるか、兄貴」と続ける。

目を閉じて、半日前に顔を合わせたばかりの朝陽を脳裏に思い描いた。

塩見の中に残っている初対面のときの朝陽は、血の気のない青白い顔色をしていた。頬は白く、時おり強く嚙みしめる唇は血が滲んだように赤く……人形のような端整な容貌と相《あい》俟《ま》って、一種異様な雰囲気だったと言ってもいいかもしれない。

そうして、真《ま》っ直《す》ぐに背中を伸ばして兄の遺影を見つめるキレイな横顔を、子供だった塩見は魅入られたように目に映していた。見ていないうちに消えてしまいそうで、視線を逸らせなかったのだ。

なぜ、彼だけは涙を浮かべていないのか。空の棺《ひつぎ》を睨みつける、強い視線はなにを意味す

るのか。

彼の胸の内を理解したいと願い、一挙手一投足を注視して……おぼろげながら悟った。

幼い自分でも、その人が抱える絶望の深さを垣間見ることができた。兄の死を、受け入れていないのだ。

それに、人間は一点に集中した思いが激しすぎると、感情をあらわにすることもできなくなるのだと……泣くことをやめた母を見て知っていた。

山岳部の人たちの会話から漏れ聞こえてきた名前を頼りに、芳名帳で調べた彼のフルネームは、『伊澤朝陽』。黒い喪服の集団の中、誰とも言葉を交わすことなく一人で佇《たたず》む姿が印象的だった。

その名前と、鬼気迫る美貌の記憶を胸の奥に留め続けて……。

繰り返し夢にまで出てくる朝陽は、葬儀の際には見ることのなかった涙を流していたり、仄《ほの》かな笑みを浮かべていたり……塩見が望むまま表情を変化させた。

姿を目にしたのは、たった一度だ。

それも、視線を合わせたわけでもなければ会話の一つもない。なのに、何年経っても忘れられないのはなぜか。

ああ、あれは、一目惚《ひとめぼ》れの瞬間だったのだな……と。

兄に心を添わせる人に、その兄の葬式で心奪われたのだと……自覚したのは、高校を卒業する頃だった。

再会までには十年を要した。我ながら、怖いほどの執念だったと思う。

山岳警備隊に入り、偶然を装って朝陽に近づき……兄のものだった彼をかき口説《くど》き続けて、似ているから嫌だと頑《かたく》なに拒絶する朝陽を『忘れなくていい。兄貴を好きなままのあなたを背負うから』と腕に抱いた。

あの誓いは嘘《うそ》ではない。

今も、朝陽の心の片隅には兄がいて……ふとこちらを見る目に、自分ではない人間の面影を探していると感じることもある。

自分は年々兄に似てくると、母でさえたまに驚いた顔をするくらいだ。特に、声質が似通っていると言われている。

兄と重ねられる部分があったとしても、よかった。似ているからこそ、殻に閉じこもっていた朝陽の興味を惹《ひ》くことができたのだ。一生彼が大切に抱き続けるであろう兄の記憶ごと、朝陽を愛せる自信があった。

「……疑ってるだろ」

ぽつりと小さな声で、ザックに話しかける。

本当に朝陽を支えられるのか。揺るがないのかと、試されている気分だった。

あの頃の兄の年齢をとっくに追い越した今でも、やはり『兄』は『兄』のままで、仕方ないヤツだと笑う姿がきつく伏せた瞼《まぶた》の裏に映った。

塩見は深呼吸で乱れそうになる心を落ち着けて瞼を押し開くと、ゆっくり膝を伸ばす。部屋の隅にある電話の前に立ち、受話器を持ち上げた。

迷いは、自分の弱さだ。朝陽には伝えなければならない。

登録されている短縮を使うことなく、暗記している番号をゆっくり一つずつ指先で押し、目を閉じて一度、二度……と呼び出し音を数える。

『……はい。真砂荘、伊澤です』

呼び出し音が途切れて、耳に押しつけた受話器の向こうから涼やかな声が聞こえてきた。

ああ、やっぱりこの人が好きだなと再確認した。どれだけ緊張していても、この声を聞くと愛《いと》しさばかりが込み上げてくる。

塩見は、朝陽に不自然さを感じさせることのない声が出ますように……と祈りながら口を開く。

「朝陽さん、俺です」

『……岳？　室堂の電話から連絡してくるなんて、珍しいな。なにか……あった？』

目を閉じたまま、耳に神経を集中させる。

塩見の名前を呼んだ声には、不審が。続く言葉には、ほんの少し不安が滲んでいた。

確かに、室堂の派出所にある電話を使って自分が朝陽に連絡することは滅多にない。プライベートと仕事のあいだには、明確な線引きをしているつもりだ。

「いえ、朝陽さんが心配するようなことは、なにも。あの……宿泊予定の人がいなくて、朝陽さんに時間があれば……ですけど、明日、室堂まで出てきませんか？　直接話したいことがあるんです」

『なに、真剣な声で。それは構わないけど……』

平静を装ったつもりなのに、いつになく硬い響きになってしまった。応じる朝陽の声は、逆に笑みを含んだものになる。塩見がいつもと違うことを感じ取って、空気を和らげようとしているのだろう。

でも、今の塩見にはピンと張った緊張を緩める余裕がない。

「明日、直接話しますから」

電話で済ませていいことではないし、うまく説明できるという自信もない。だから、一切の説明を『明日に』と言い張る塩見に、朝陽は笑みを消した声で返してきた。

『わかった。じゃあ……明日。お昼くらいになるかな』

真砂沢から室堂までは、健脚の自分たちでも三時間ほどかかる。朝陽も、管理する山荘のある真砂沢近辺は歩き慣れているはずだが、新雪の上を室堂まで……となると五時間近くかかるだろう。

重々承知しているから、普段の塩見であれば自分から出向く。そこをあえて呼び寄せようとするのだから、相応の用件だと感じ取っているに違いない。

「お待ちしています。……気をつけてきてくださいね」

『うん。大丈夫。じゃあ……おやすみ』

「おやすみなさい」

朝陽が受話器を置くのを待って、塩見も受話器を本体に戻した。

足が重い。……動けない。

塩見は目の前の壁を睨みつけたまま、時計の秒針の音さえ聞こえるほど静かな部屋で、長い時間立ち尽くしていた。

□□□

翌日は、風もあまりない晴天だった。ここ数日で積もった真っ白な新雪が、キラキラと太陽の光を反射している。

朝陽が移動するには、さほど困難な気象ではないはずだ。センターの出入り口に立ち、外を眺めていた塩見はホッとして足元へと視線を落とした。

「塩見」

「はい」

背後から名前を呼ばれ、反射的に返事をしながら振り返る。目が合った浅田に手招きをされて、踵《きびす》を返した。

「例のあれな、勝手に触って悪いと思ったが医務室に移しておいた。あそこだと誰もいないから、ゆっくりできるだろう」

「あ……ありがとうございます」

確かに、待機室では他の隊員が出入りする。

朝陽を呼び寄せたと浅田に話したのは朝食の席だったが、大雑把なようでいて細かな心配りをするあたりはさすがだ。

「なんて顔だ。情けねーツラすんな」

クッと笑いながら、ビシッと指先で鼻を弾かれた。しかも、手加減の一切ない強さで……痺《しび》れるような痛みが残っている。

「……痛いんですが」

「痛くしてるんだから、当然だ」

浅田は呆《あき》れたような目でこちらを見ながら、遠慮がちに抗議した塩見をフンと鼻で笑う。

この人に逆らえないことはわかっている。反論をあきらめた塩見は、無言でヒリつく鼻を撫でた。

「……こんにちは。二人そろって、なにしているんですか？」

入り口のところから聞こえてきた声に、塩見はパッと顔を上げて振り向く。防寒服に身を包んだ朝陽が、苦笑を浮かべて立っていた。

「あ、朝陽さんっ。……ツルギも一緒ですか」

足元には、見なれた巨大なセントバーナードが。まるで、朝陽を護《まも》るのは自分の役目だと言わんばかりの態度だ。塩見を見上げて尻尾《しっぽ》を振ると、当然のようにセンターの中へと入ろうとする。

「コラ、待てっ。おまえは雪を払ってからだ。……なんで、晴れてるのに全身雪まみれなんだ。転んだか？」

その後ろを追いかけた浅田が、ツルギの長い体毛にこびりついている雪を払った。朝陽は、申し訳なさそうに「すみません」とつぶやく。

「久々の遠出に張り切ったらしくて、嬉しさのあまり雪の上を走り回ったんです。何度か払ったんですけど、すぐそこでまたゴロゴロ転がって……」

ツルギは、生後三ヶ月くらいから朝陽と共に真砂沢で生活しているし、冬が来て真砂荘を閉鎖してからは谷川岳《たにがわだけ》のロッジへと移動する。日常的に雪に慣れ親しんでいるせいか、もともとの性質か……雪自体が好きなのだろう。

じゃれ合っている浅田とツルギを横目に見ながら、朝陽に向き合った。

「あたたかいコーヒーでも飲みますか？　ココアもあるかな。あ、今だと音羽さんが下から持ってきた梅昆布茶がありますＩ
「ありがと。じゃあ、音羽くんのお土産《みやげ》をいただこうかな」

朝陽が脱いだ上着を受け取り、食堂へと促す。

山荘の管理者には、事故などの際に協力してもらうこともある。民間の協力隊員として登録してくれている朝陽は、警備隊の全員と顔見知りだから待機室でも支障はないが、塩見の子供っぽい独占欲だ。

ツルギは、浅田が待機室へと連れていったらしい。昼食にもまだ早い時間のせいか、食堂は無人で静かだった。

「……どうぞ」

「ありがとう」

湯気の立つマグカップを差し出すと、朝陽は微笑を浮かべて塩見を見上げる。うっかり手を握りたくなってしまい、慌てて目を逸らした。

会話もなく梅昆布茶をすすっていたら、なんとなく和んだ気分になる。ふっと吐息をついたところで、隣の席に座っている朝陽が口を開いた。

「で、なにがあった？　まさか、おれと並んでお茶を飲むために呼び出したってわけじゃないだろ」

「あ……はい。お茶を飲み終わったら、見てもらいたいものが……あります」

「ふーん?」

朝陽は、やはりよくわかっていない表情だったけれど、それ以上なにを言うでもなくマグカップを口に運んだ。

塩っ気の強いお茶が、急に味気ないものになった。塩見は残っているお茶をなんとか飲み干して、朝陽がテーブルにマグカップを置くのを待つ。

「……いいですか?」

「ああ」

飲み干したのを確認してから一拍おいて、朝陽を促すとイスから立った。朝陽はなにも問うことなく、塩見の後ろをついてくる。自分が全身に纏っている空気が、どこか張り詰めたものだと感じ取っているに違いない。

緊張しないわけがない。兄のものを、朝陽に見せれば……どんな反応をするのか、想像もつかない。

やっぱりやめた、と。逃げ出したくなる自分をなんとか抑えて、無人だとわかっている医務室のドアをノックもなく開けた。

「入ってください。……ドア、閉めますね」

朝陽は、消毒薬の匂《にお》いが染みついた部屋の中央、ビニールシートの上に置かれているものを怪訝《けげん》な目で見ている。

その隣に立った塩見を、疑問の滲む目で見上げてきた。

「岳？　なに……？」

「学生たちの言っていた、雪崩現場にあったザックです。俺も、まだ中は見ていません」

塩見は朝陽の問いに答えることなくしゃがんで、千切れた肩紐を手に持った。朝陽も、不審そうな表情を浮かべてゆっくりと隣に屈み込んでくる。

塩見は、ザックの肩紐部分の刺繍が朝陽に見えるよう手のひらに載せた。

「……ッ」

声はなかった。ただ、鋭く息を呑《の》んだ気配だけが伝わってくる。声も出ないほど衝撃を受けたのだと、瞬時に張り詰めた空気が語っていた。

朝陽の顔を見られない。

どんな表情で兄の名前が記されたザックを見ているのか、確かめたいのに……怖くて目を動かせない。

奥歯を噛みしめた塩見は、自分の手ごと朝陽が肩紐を握り込むのにも動けずにいた。冷たい手は、小刻みに震えている。

しばらくそうして握りしめていたけれど、朝陽に全神経を集中させている塩見の耳にかすかな声が聞こえてきた。

「稜さ……」

小さな……今にも空気に溶けてしまいそうなほど、小さな声で兄の名前を口にする。

朝陽の心が、急速に兄へと傾くのが伝わってきて、目を閉じた。

朝陽は、痛いほどの強さで塩見の手ごと所々すり切れた肩紐を握りしめている。この細い指のどこから、そんな力が出ているのだろうと不思議になる……。

「稜……さんっ」

そのままの体勢でどれくらい時間が経ったのか……あやふやになってきた頃。

朝陽は絞り出すようにハッキリと兄の名前を呼び、塩見の手を離して汚れたザックに身を伏せた。

声は一言も漏らさない。嗚咽《おえつ》もない。ただ、小刻みに震える肩だけが、朝陽が受けた衝撃と動揺の大きさを物語っている。

きっと今の朝陽は、ここに塩見がいることも消し去っているだろう。朝陽の心を占めるのは兄だけだ。

兄のザックにすがりつく朝陽の背中を見ていることができなくて、逃避だとわかっていながら立ち上がって目を閉じた。

ああ……やっぱり勝てないな。

Ryo Hashid

何年経っても、何度も抱きしめて朝陽を手に入れたつもりになっていても、兄には敵わないのか。

悔しさよりも、どうしようもなく空虚な気分になる。

兄のザックから引き離すことも、かといって部屋を出ていくこともできず……奥歯を嚙みしめて立ち尽くすのでやっとだった。

兄に向ける朝陽の強固な想《おも》いを、見せつけられているような気分だった。

《三》

「おい、どうなってんだ」

そんな一言と共に背後から後頭部を小突かれた塩見は、無言で声の主を振り仰ぐ。

硬い表情の浅田は、塩見が口を開くより先に隣のイスを引いて腰を下ろしてきた。

「……飯を食え。もったいないオバケが出るぞ。昼も食いそびれたんだろ」

そう言いながら、塩見の前にある……ほとんど手つかずの状態のまますっかり冷めてしまった夕食を指差す。

他の隊員はとっくに食事を終えて、居室の方へと引っ込んでいた。塩見だけが、だらだらと居残っている。

「はい……」

小さく答えて箸《はし》を口に運んだけれど、米の味がしない。砂を嚙むような……とは、このことだろう。

結局、二口三口で箸を置いてしまった。

「しゃーねぇな。ちょっと待ってろ」

ポンと塩見の頭を叩いた浅田は、席を立って調理場の方へと歩いていった。さほど時間をおかずに戻ってきた浅田の手には、日本酒の入った一升瓶と湯のみが握られている。

「……勤務中ですが」

まさか、飲む気か……と声に疑問を滲ませる。塩見の目には非難の色が浮かんでいたはず

だが、浅田はケロリと言い返してきた。

「高代たちもいるし、今はシーズンオフで登山者もほとんどいない。だいたい、酔うほどは

飲まねぇよ。口の滑りを滑らかにするだけだ」

「誰の？」

「おまえに決まってんだろうが」

なにバカなことを言っている、という目で睨まれる。目の前に置かれた湯のみに、有無を

言わさずという勢いで八分目あたりまで日本酒が注《つ》がれた。

酒は……特に日本酒は苦手なのだが、ふらりと吸い寄せられるように手に持ってグッと

呷《あお》った。

「……っ、けほっ。きっつ……」

嚥下した途端、カッと喉が焼けたように熱くなる。情けなく噎《む》せる塩見の背中を、浅田は

からかうでもなく無言で叩いてきた。

「中は……見たのか」

低い声でぽつんとつぶやかれた一言に、首を左右に振った。誰が、なにの……と言われるまでもない。

どう答えようか少しだけ考えて、そのままを伝えることにする。

「見ないのかと聞いたんですが、朝陽さんは無言で首を振るだけでした。俺も見ていませんし、見るつもりもありません。次の非番に、自宅に持ち帰ります。あとは……母に託そうと思います」

「そうか」

浅田は静かに相づちを打ち、持っている湯のみの中身を飲み干す。塩見もつられるように、ちびちびと慣れない日本酒を舐めた。

長い時間をかけて湯のみを空にすると、再び同じだけ注がれる。

普段の塩見は、コップ半分のビールで酔う。日本酒など、匂いを嗅《か》いだだけで頭がクラクラする。それなのに、今は一向に酔える気がしない。不思議と、喉に流し込む端から醒《さ》めていっているみたいだ。

浅田は、一切口を開くことなく無言で飲み続けていた。こちらも酔っているふうではない。

「……浅田さん」

「うん？」

名前を呼んだ塩見に、ただ短く応える。

いつものようにふざけてくれたら、少しは気が晴れるのに。こうして無言で寄り添われていると、情けない弱音をさらけ出したくなる。

塩見は迷いをぬぐい切れないまま、ポツリと言葉を続けた。

「朝陽さんの心が、また兄貴のところに行きました。やっと、俺にもたれかかってくれるようになったのに……ザック一つで、取り返された気分です」

こんなこと、他の誰にも言うことができない。すべてを承知している浅田相手だからこそ、口に出せたに違いない。

一言だけ、「真砂沢に戻る」と言い残してここを出ていった朝陽の目は、もう塩見を見ていなかった。

目映《まばゆ》いほどに白い……雪の冠を頂いた高嶺《たかね》を映していた。

塩見は、自分に向けられた背中を呼び止めることも、「気をつけて」と声をかけることさえできなかったのだ。朝陽の世界に割り込めなかった。

「勝てな……い。結局、俺は兄貴に一生勝つことができないんです、ね」

感情を抑え込もうとするあまり、声がかすれて……震えるのを止められなかった。

テーブルに両肘《りょうひじ》をつき、頭を抱える。そうやって、弱音を吐く情けない顔を浅田の目から隠した。

十年以上経っても、兄には勝てない。こうして、容易《たやす》く朝陽を取り戻されてしまう。きっと、この先もずっと……。

「塩見」

黙って塩見の言葉を聞いていた浅田が、低く名前を呼んできた。頭を小突かれて、伏せていた顔をのろのろと上げる。

「なぁ、勝つってなんだ？　なにを張り合ってる？」

「……なに、って……」

なんだろう。どうすれば、兄に勝ったことになるのだろう。

改めて質《ただ》されると、途方に暮れた気分になった。今の塩見には、どうすればいいのかなに一つわからない。

「勝ち負けで言やぁ……そりゃ、死人には勝てんだろ。遺された人間にとって、思い出ってやつは無限に美化されるからな。そんな相手と張り合って、どうなる？」

浅田は、怖いくらい真剣な目でこちらを見ていた。腑《ふ》抜《ぬ》けたことを口にする塩見に、静かに憤っている。

それでも塩見は、なにも言い返せなかった。

朝陽が浅田のものだと思っていたときは、懸命に食らいついて追いすがり……どれだけ時間がかかっても、朝陽の心を自分に向けさせてやろうと思っていた。十年よりも長いことはないだろうと、ある意味開き直っていた。

でも、兄が相手になると……戦う前から負けた気分だ。

「おい。なに黙ってんだ」

鋭い目で睨みつけられながら、襟首を摑まれた。訓練中以外に、浅田がこんな目をすることはない。

今でも、浅田にとって朝陽は大切で特別な存在なのだろう。改めて聞いたことはないが、きっと朝陽にとっても。

二人のあいだには塩見の知らない七年余りがあって、最初から承知していたことだ。普段なら「わかっている」と流せることなのに、今の塩見にとっては追い討ちをかけられた気分になるだけだった。

「浅田さんなら……どうなんですか？　朝陽さんの心を、兄貴から逸らして自分に向ける自信がありますか？」

「あぁ？　なんでそこで、俺なら……なんだよ。今の主語は、おまえだろうが！」

怒気を含んだ声で言いながら、襟首を摑む手に力を込めてくる。

塩見は、もう止めようもなく泣き言をこぼした。こんなのではダメだと頭ではわかっているつもりなのに、一度決壊してしまうと、抑制できない。

「だ……って、朝陽さんは俺を通して兄貴を見てるんです。どんなに俺が目を合わせても、素通りして……。兄貴のことを想う朝陽さんを、それごと背負うからなんて格好つけたことを言っても、結局重くなって下ろしてしまいそうで……っ」

弱い自分から目を背けていたかった。

でも、兄のザックに伏せた……そして、一度も自分を振り返らなかった朝陽の背中を思い出せば、自信など木っ端微塵《こっぱみじん》だ。

そんなに強くなれない。兄の影にビクビクして、朝陽の目を強引にこちらへ向けさせることもできなかった。

浅田が纏う空気が、ますます温度を下げる。塩見への苛立《いらだ》ちを隠すこともない。訓練中よりも厳しいかもしれない。

「おまえ、そんなに意気地なしだったか？　おまえなら朝陽を任せられると思ったが、見込み違いかよ。……おまえがそうやってグダグダくだらんことを言うなら、朝陽を俺のものにするぞ」

静かな口調は崩すことなく、真顔でそう口にした浅田を唖然《あぜん》と見つめ返した。いつもの、冗談を言っている表情や雰囲気ではない。

「なに、言ってん……です。だって、浅田さんには間宮先生が」

「拓未《たくみ》と朝陽か。ふ……俺にとって、どちらがより大事だと思う？」

決定的な言葉は口にしないまま、浅田は意味深な笑みを浮かべて塩見を見下ろしている。

まさか、浅田が間宮の手を離して朝陽を腕に抱くことはないだろう。

……そう思おうとしているのに、時おり感じる浅田と朝陽の間にある絆が、『まさか』を笑い飛ばさせてくれない。

なにも言えなくなってしまい、唇を嚙んだ塩見の襟首から浅田の手がパッと離された。

「雪の中にでも顔を突っ込んで、ちったぁ頭を冷やせ。明日になっても腑抜けていたら、……後悔しても知らねーぞ」

浅田は窓の外を指差しながらそう言うと、音を立ててイスから立ち上がる。バシッと平手で塩見の頭を叩いておいて、食堂を出ていった。

ガランとした食堂に残された塩見は、テーブルの上にぽつんと置かれたままの一升瓶を睨みつけるしかできなかった。

朝陽を、支えたいと思っていた。その自信があったはずなのに……簡単に揺らぐ自分の弱さを嚙みしめながら。

□　□　□

「おい、起きろ。塩見！」

「……はいっ！」

鋭く名前を呼ばれた瞬間、反射的に飛び起きた。覚醒《かくせい》直後の脳では、一瞬ここがどこかわからなかった。

瞬きをして、見慣れた室堂の居室だと確認して……布団の脇に屈み、自分を見下ろしている浅田と目を合わせる。

「あ……おはようございます」

ぼんやりとつぶやいた塩見を鋭い目で睨み下ろし、浅田はニコリともせず口を開いた。

「のん気に寝こけてんなよ。……朝陽がいなくなった」

「ッ……どういうことですかっっ！」

ぼんやりとしていた頭が、『朝陽』の一言で瞬時にクリアになる。浅田の腕を掴み、身を乗り出した。

朝陽がいなくなった？　その意味がわからない。

「真砂荘に立ち寄った登山者が、管理人がいないことを不審がって連絡してきたんだ。テーブルの上に書き置きらしきものはあったそうだが、詳細はわからん」

「……俺っ、様子を見てきます！」

一言も聞き漏らさないように浅田の言葉に耳を傾けていた塩見は、勢いよく立ち上がって飛び出そうとした。大きく一歩踏み出した直後、襟首を摑まれて引き留められる。

「浅田さんっ！　なんで止め……っ」

「落ち着け、バカモノ。その格好でどこに行く気だ。まずは着替えろ」

「あ……」

起き抜けの塩見は、パジャマ代わりのジャージにトレーナーという姿だ。このままの格好では、屋外に出られない。

浅田は、動きを止めて大きく息をついた塩見をジロリと見遣る。ため息をつくと、顔を挟むようにして両手で軽く頰を叩いてきた。

「いいか、今日はパトロールってことで報告しておいてやるから、行ってこい。ただ、闇雲《やみくも》にウロウロするなよ。まずは、真砂荘だ。お前が着替えているあいだに、装備を整えておいてやるから」

「……はい。ありがとうございます」

再び深呼吸をして急いた気分を少しだけ落ち着かせると、浅田と視線を合わせた。

そうして浅田と視線を絡ませていても、頭に浮かぶのは朝陽のことばかりだけれど……。

手早く着替えを済ませると、浅田が準備してくれていたザックを背負ってセンターを飛び出した。

室堂から真砂沢に至るルートは、身体が憶《おぼ》えるほど通い慣れている。普段から、登山ガイドなどに記されている標準時間の三分の二ほどで辿り着く自信があるけれど、今日は半分もかからなかったのではないだろうか。

途中の雪渓を下るときに二度ほど足を滑らせたが、ほとんどの道程を駆け足で踏破した。

小さな小屋が見えてくると、無意識にますます足の運びが速くなる。

「……ツルギ？」

塩見の気配を察知してか、小屋の中から耳に馴染《なじ》んだ大型犬の吠える声が聞こえてきて、そっと眉を寄せた。

朝陽はいないと言っていたが、ツルギを小屋に残しているのだろうか。……いつも一緒の相棒まで置いて、どこへ。

「どこへ、なにをしに……なんて、だいたいの想像はつくけどな」

愚問を思い浮かべたことに対する、自嘲《じちょう》の微笑を浮かべる。

朝陽の頭にあるのは、きっと兄のことだけだ。浅田に念を押されたからひとまずここに来たけれど、朝陽がどこかへ行ったというのなら兄のザックが出てきた現場に違いないという確信があった。

朝陽が、なにを思ってそこを目指したのか……深く考えると、背筋がゾッと寒くなる。嫌なことばかりが思い浮かんだ。

途切れることのないツルギの声に背中を押されるように歩を進め、小屋のドアに手をかけると一気に開け放した。

「……ッ」

その直後、毛むくじゃらの大型犬が飛びかかってくる。戸口を両手で摑んだ塩見は、よろめいただけでなんとか踏みとどまった。

悪いが、今はツルギに構っている余裕はない。心の中で謝罪しながら、巨体を右手で押しのける。

「あ……」

顔を上げた塩見は、ポカンと目を見開いて身体を硬直させた。

どうして……いないと言われていた人が、そこに立っているのだろう。驚きをあらわにした表情で、塩見を凝視している。幻覚……にしては、あまりにも鮮明だ。

しばらく二人して無言で見つめ合っていたけれど、先に言葉を発したのは朝陽の方だった。

その声はいつもと同じ落ち着いたもので、特に変わった様子はない。

「すごい勢いで入ってくるから……ビックリした。なにかあったのか？」

なにかあったのか、という一言はこちらのセリフだ。

不思議そうな目で塩見を見ている朝陽に、しどろもどろになりつつ話しかけた。

「だって、朝陽さんが……、浅田さんがっ」

塩見は、朝陽がいることに安堵するよりも、戸惑いが勝って視線を泳がせた。

必死でここまで走ってきたけれど、生きた心地《ここち》がしなかった。まだ心臓がバクバクしている。

ここにいてくれた……。そんな実感が急激に込み上げてきて、大股で朝陽の前に立つ。

「岳っ？　……冷たい」

衝動のまま両腕で抱きしめると、登山服にこびりついたまま払い除《の》けることもしていない雪が冷たいと苦情が寄せられる。

それでも、身動《みじろ》ぎすることなく……当たり前のように抱かれてくれている。

「よか……った。朝陽さん。俺……ッ」

喉の奥で声が詰まってしまった。なにも言えなくなり、ただひたすら強く朝陽を抱きしめる。

朝陽の顔を見た瞬間、わかった。

心が兄にあるとか、自分を通して兄を見ているとか……もう、どうでもいい。朝陽がここにいてくれたら、それだけでいいのだ。

「どうした？　が一く？　浅田さんが、って言ってたけど……怖い話でも聞かされたのか？」

珍しく冗談を口にしながら、ポンポンとなだめる仕草で後頭部を叩かれる。

あの日は、朝陽の横顔ばかり見ていた。決して自分に向けられることのない目が、真っ直ぐ兄に向けられていた。

でも今は、朝陽が『岳』と呼んでくれる。

「……仕方ないな」

朝陽はあきらめたようにつぶやくと、すがりつくように抱きしめている塩見の頭をそっと撫でてくれる。

塩見は、なにも言えなくて……目を閉じると、奥歯を嚙みしめて朝陽を腕に抱き続けた。


静かに扉が開き、朝陽が姿を現す。

「落ち着いたか?」

「はい。……すみません」

膝を抱えて畳敷きの部屋の真ん中に座り込んでいた塩見は、あまりの情けなさに消え入りそうな声でつぶやいた。

小ぢんまりとした和室は、小屋の奥にある朝陽のプライベート空間だ。これでも飲んでろと、マグカップにたっぷり注がれたココアと一緒に追いやられたのだが、この部屋に通された理由は塩見の隣に座り込んだ朝陽の言葉で察せられた。

「浅田さんに……電話した」

リビングスペースにあるイスでは、電話の内容が筒抜けになるから、あえて塩見をここに隔離した違いない。

二人のあいだでどんな会話が交わされたのかわからなくて、ぎこちなく目を逸らす。

「塩見に嘘をついて悪かった、って笑ってたけど……どんな嘘をつかれたんだ？」

「え……？　浅田さんから、聞いていませんか？」

驚いて、思わず朝陽と目を合わせた。

朝陽はきっと、塩見の様子が変だ、なにがあったと尋ねたはずだ。昨夜《ゆうべ》のみっともない泣き言を含めて、浅田の口から語られたと思っていたのに。

「なにも。塩見本人に口を割らせろ、ってさ。あとは、他人に説明してもらおうなんて甘いこと考えんなよ……だったかな」

「相変わらず、容赦ない……な」

やはり浅田は、甘やかしてくれないらしい。画策して無理にでも朝陽と顔を合わせるよう仕向けて、塩見に逃げることを許してくれない。でも、こうでもされなければ、しばらく朝陽に逢おうと思えなかったのは事実だから、感謝しなければならないのかもしれない。

「あ、そうそう。もう一つ伝言があった。おまえがどう受け取ったかは知らないが、その二択なら答えは当然『拓未』だ。そっちは全部、おまえに任せてんだよ……？」

浅田の口調を真似《まね》て口にした朝陽は、意味がわからないと首を傾《かし》げる。

塩見はもう一言も言葉にできず、呆然《ぼうぜん》と畳の目に視線を落とした。あの人から見れば、自分などさぞ幼稚で操りやすい単細胞生物だろう。

「朝陽さん。ものすごく格好悪いこと、聞かせていいですか？」……もう少し他人を疑おう。

「なにをいまさら」

間髪入れずぽつりとつぶやかれただけに、ついこぼれた朝陽の本音だと伝わってきた。

そうだ。いまさらだ。これまで、朝陽には格好悪い姿ばかりを見せてきたような気がする。

苦笑を浮かべた塩見は、胡坐《あぐら》をかいた膝の上で両手を組み、静かに深呼吸をした。自分の弱さを一番隠したい人に吐露するのは、やはり覚悟がいる。

「……すみません。おれは、弱いんです。格好つけたことを言っても、上辺だけだ」

畳の一点を睨んだまま、ぽつりぽつりと口にした。一度言葉を途切れさせしまうとなにも言えなくなるだろうから、思いつくままますべてを吐き出す。

「岳……」

昨夜の浅田とのやり取りまで語り終えると、朝陽に小さく名前を呼ばれた。感情をうかがうことのできない声にのろのろと顔を上げて、すぐ近くにいる朝陽と目を合わせる。

その直後、手加減なしだとわかる強さで頰を平手打ちされた。

「ッ……」

左頬が、ジン……と痺れている。

塩見は頬に手を当てるでもなく、グッと襟首を摑んでくる朝陽を見下ろした。これまで見たことのない激しい目で、こちらを睨み上げている。

「おれの心を疑ったな。同時に二人の人間を愛せるほど……器用じゃない。それともおまえは、亡き人を悼《いた》んで偲《しの》ぶことさえ許してくれない？」

最初は強い口調だったのが、語尾に向かって頼りなく揺れる声になった。塩見は、ゆっくりと首を左右に振って否定する。

朝陽にそんな声を出させた上に、痛みを堪《こら》えるような顔にさせる自分が悔しかった。

「すみません。朝陽さんを疑ったんじゃなくて、俺……自信がなくて」

「同じことだ。おれに……待つ覚悟をさせたくせに」

かすれた声で続けられた言葉に、グッと両手を握りしめた。

あなたが待っていてくれるなら、どんなところからでも絶対に戻ってくる。

そう必死でかき口説くと、朝陽はあきらめたような微笑を浮かべて『その場所』になると約束してくれた。あんなにも怖がっていた朝陽が、再び『待つ人』になると言ってくれたのに、兄に取り返されたと拗《す》ねていた自分が腹立たしかった。

今でも兄に囚《とら》われているのは、朝陽よりも塩見自身なのかもしれない。

「稜さんとおまえは似てる。最初は確かにそう……感じてたはずだけど、もう稜さんの顔はあやふやだ。一生忘れないと思っていたのに、誰がっ、図々しく上書きしたと……、ッ」

「朝陽さん」

「触るなバカ」

「バカです。すみません。……朝陽さん」

嫌だと逃げかかる朝陽を、強く腕の中に抱きしめた。

愛してる。愛してる。愛してる……。

声に出すことなく、抱き寄せる腕で伝える。きちんと告げたいのに、言葉にならない。ある意味、兄に引き逢わされた人だ。兄がいなければ、そして今も兄がいれば……きっと朝陽と逢うこともできなかった。

なんとも形容し難い複雑な思いが、胸の奥に渦巻く。今の塩見を兄が見れば、どんな言葉を言うだろうか。

兄の温厚な笑顔が思い浮かんだと同時に、朝陽が小さくつぶやいた。

「おれを、この世に繋《つな》ぎ止めたのは浅田さんだ。そして、岳が立ち止まっていたおれの手を引いて歩き出させた。……途中で手を離すなよ。迷子になる」

「……離しません。絶対、離さない。俺は兄貴より執念深いですから、あなたを遺してどこにも行けない」

自分でもどうかしていると思うほどの執着を、朝陽にぶつける。

馬鹿力と言われる自分の腕力で強く抱きすくめられるのは、痛いはずだ。息苦しさも感じているると思うのに……朝陽は一言も「離せ」と言わなかった。

「すみません、俺からは……手を離せないみたいですので、朝陽さんから離れてください。……メチャクチャにしそうだ」

この衝動をそのまま朝陽にぶつけてしまうと、きっとひどいことをする。自分がどんな暴挙に出るかわからなくて、怖い。

震える手で強く朝陽を抱きながら、「頼むから俺を突き放してください」と矛盾したことを懇願した。

「……意気地なし」

「朝陽さ……っ」

ぽつりとつぶやかれた言葉に言い返す間もなく、朝陽の両手が塩見の頭を摑む。身体を伸び上がらせて唇を重ねられると、頭の芯《しん》がクラリと甘く痺れた。

触れた唇……絡みつく舌の熱さで、確かな存在感を伝えてくる。

「岳、おれはどこにも行かない。どんなときでもここで待っているから、おまえも約束を守れ」

「はい。なにがあっても……どんな状態でも、帰ってきます」

兄のように、行ったきりにはならない。見上げた碧落《へきらく》の、はるか遠くに朝陽が待っていてくれるのであれば、たとえ心臓が動いていなくてこの身だけになっていたとしても、戻らなければならない。

言葉にすることはできなかったけれど、吐息まで奪い尽くしそうな口づけで想いを告げる。

「ン……、ぁ、ッ……」

口づけを交わしながら、互いを遮るものの存在がもどかしいとばかりに、朝陽が上着の中に手を潜り込ませてきた。

少しひんやりとした手が塩見の背中を抱く。ビクッと肩を強張《こわば》らせた塩見は、朝陽の着ているセーターを捲《めく》り上げながら畳の上に押し倒した。

余裕がなく、かなり乱暴な扱いだったはずだ。それなのに、朝陽は一言も文句を口にせず熱っぽい眼差《まなざ》しで塩見を見上げている。

真っ直ぐな目に……塩見だけを映している。

「朝陽さん。朝陽さん……」

他に言葉が浮かばなくて、それしか知らないように朝陽の名前を繰り返す。

性急に朝陽が着ているものを剝ぎ取り、自分も脱ぎ捨てる。焦る気持ちのまま指が食い込む強さで膝を摑んでも、朝陽は制止しようとしない。制止するどころか、そっと手を伸ばして指先で塩見の髪に触れてきた。

「おれは、おまえのものだよ。全部。……ずっと」

「ん……」

胸の奥が熱いものでいっぱいになっていて、声が出ない。

塩見は、子供のようにうなずくのがやっとだった。どうにかしてこの愛しさを伝えようと、朝陽の手を取って指先に唇を押し当てる。

「もう、いい……から。岳」

「うん……ごめんね、朝陽さん」

ほとんど馴染ませることもなく、身体を合わせるのは無茶だ。体格も違う。負担をかけないわけがない。

そうわかっていながら、微笑を浮かべて「おいで」と身体を開く朝陽に甘えた。

「ン……」

奥歯を噛んでギリギリのところで理性を繋ぎ止めながら、身体を重ねる。……狭い粘膜を押し開いて自身を埋《うず》めるのは、なにものにも替え難い高揚を塩見に与えた。

「……ッ、ぁ！」

かすかな声に、ハッと朝陽を見下ろした。頬を上気させて、目の縁も赤く染めている。

反射的に身体を引きかけると、両腕で強く背中を抱かれた。爪《つめ》が食い込む強さですがりついているようでいて、怯《ひる》みかけた塩見をそうして自分に引き寄せているのだと……気づかないわけがない。

抱いているつもりで、逆に朝陽に抱きしめられているみたいだった。

「遠慮、しなくていい……って」

塩見の躊躇《ためら》いは、ピッタリと身体を重ねた朝陽に伝わっているのだろう。吐息の合間にそう言って、唇に微笑を浮かべる。

「でも、朝陽さん……涙滲んでる、から」

いつもは涼しげな色を浮かべている瞳が、今は熱っぽく潤んでいる。涙の滲む目元に唇を押しつけた。

「おまえが、焦《じ》らすせ……だ」

だから、塩見に与えられているのは苦痛ではない……と。言葉の裏にあるものが、見えないわけがない。

塩見の背中を軽く叩き、その手が頭を抱いて引き寄せられる。

唇を重ねて、熱っぽい舌を絡みつかせながら熱い粘膜に包まれる感触を味わった。そろりと身体を引き、深いところでじわじわと抽挿する。

朝陽にも快楽を与えたくて、弱い部分ばかりを狙《ねら》って屹立《きつりつ》の先端を押しつけた。

「ぁ……、っん、ん……、ッ！」

唇からこぼれ落ちる朝陽の声が、艶《つや》を帯びた。白い喉を反らし、小刻みに身体を震わせて

いる。

その喉元に舌を這《は》わせながら、欲望のまま下肢を押しつけた。

手加減しなければ……と頭の隅に留めておいたはずなのに、朝陽を腕に抱くと理性など簡単に吹き飛んでしまった。

「っ、ぅ……ん」

夢中で朝陽を貪《むさぼ》っていた塩見の耳が、朝陽の声に滲み出る隠し切れない苦痛の色を拾い上げる。

ふっと目を開いて朝陽を見下ろすと、細い糸で繋ぎ止めていた理性を手繰り寄せた。

塩見の目に映るのは、剝《む》き出しになった朝陽の肩とその背後にある畳……。

「あ、背中……。すみません」

畳で擦《こす》れる背中が痛そうだとようやく気づき、二の腕を摑んで朝陽の上半身を抱き起こした。

向かい合う形で腿《もも》に乗せると、自分の体重でますます深く受け入れることになったらしい。首に腕を絡ませている朝陽が、グッと息を詰めたのが伝わってくる。

「っあ！　い……ぃ、岳っ。気を、逸らす……なっ。もっと、おれのことだけ考えてろ」

背徳感に似たものと、仄暗い征服感。

なにより、苦痛を押し隠して受け入れようとしてくれている朝陽に対する愛おしさがぐちゃぐちゃに絡み合い、塩見から思考力を奪う。

「朝陽さん、熱い……すげ、いい……」

「うん。おれ、も。ぁ……あっ！」

歯を食い縛り、すべてを貪り尽くす激しさで朝陽を腕に抱く。強く腰骨を掴んで揺すり上げると、目を潤ませて塩見の肩を掴んだ。

朝陽は、どんなことでも許すとばかりに、勝手な塩見を受け入れようとする。

「ぁ、岳……っ、も……ぅ」

「……ン」

限界を訴える声に、塩見も小さくうなずいた。いつまでもぬるい快楽に浸っていたいが、さすがに苦しい。

きっと、自分より体力的に劣る朝陽はもっと消耗している。

「ッ、ん！　ぁ……ぁ」

屹立を手の中に包んで解放を促すと、朝陽は息を詰めてビクビクと身体を震わせた。熱い吐息が首筋をくすぐり、塩見も忍耐を繋ぎ止めていた手綱を手放す。

「は……ぁ」

ふ……っと息をついたと同時に、すがりついてきていた朝陽の手がズルリと滑り落ちた。

慌てて背中を抱き寄せて、崩れ落ちないよう自分にもたれかからせる。

「朝陽さん？　大丈夫？　無理させて、ごめ……」

「謝る、っな。バカ。……岳。おれは、重い？」

背中を撫でながら、小さく尋ねられる。

その『重い』が、物理的な重量を指している言葉ではないことは、鈍いと言われる塩見にもわかった。

「……いいえ。兄貴が、半分担いでくれています。昔から、そういう人でした」

忘れていたわけではない。

ただ、自分のことで精いっぱいな塩見には……見えていなかった。

あの日、朝陽が兄の思い出を抱えた自分を『重い』と言い、塩見は『重いものは背負い慣れている』と答えたけれど、気づいていなかっただけで最初から重くなどなかったのかもしれない。

朝陽は、無言で身体を預けてくる。

その肩が小刻みに震えていることはわかっていたけれど、塩見はなにも口にせず両腕で抱きしめた。

兄と、自分。二人分の想いで朝陽を包むように。

あとがき

こんにちは、または初めまして。真崎ひかると申します。「暁の高嶺で」お手に取ってくださり、ありがとうございます。

続き物ではないのですが、同じ山が舞台の前作に当たります「白の彼方へ」と合わせてお目を通していただけますと、とっても嬉しいです！「白の彼方へ」には「碧落の遥かに」の塩見と朝陽のあれこれや、浅田と今回は名前だけチラリと出てきた間宮についてのお話が収録されています。

前回に引き続き、すごく格好よくて綺麗なイラストを描いてくださった高峰顕先生、ありがとうございました。登山服やらは、さぞご面倒だったと思います。中身はヘタレなのに、文句なく男前な外見にしてくださり幸せです。

担当Oさんにも、大変お世話になりました。地味な話を書かせてくださり、ありがとうございました。山男に萌えを感じてくださる、数少ない同志でもあります……。また語り合いたいですね。

山岳警備隊が舞台ですが、調べた事実に私の創作を取り混ぜております。ツッコミどころも多々あるかと思いますし、実際の冬山はもっと厳しいと想像に難くないのですが、フィクションとして読んでいただけると幸いです。調べるにつれ、命がけで真摯にお仕事をされている山岳警備隊の隊員さんたちは、なんて男前だろうと惚れ惚れします。こうして舞台をお借りすることにちょっぴり良心の呵責を覚えつつ、心の底から尊敬しています。

ここまで読んでくださり、ありがとうございました。少しでも楽しんでいただけましたら、幸いです。ちょこっとでも感想をお寄せいただけましたらとっても嬉しいです！　それでは、失礼します。

真崎ひかる

二〇一〇年　今年は梅の開花が早そうです

真崎ひかる先生、高峰顕先生へのお便り、
本作品に関するご意見、ご感想などは
〒101-8405
東京都千代田区三崎町2-18-11
二見書房　シャレード文庫
「暁の高嶺で」係まで。

本作品は書き下ろしです

CHARADE BUNKO

暁《あかつき》の高《たか》嶺《ね》で

【著者】真崎《まさき》ひかる

【発行所】株式会社二見書房
東京都千代田区三崎町2-18-11
電話　03(3515)2311[営業]
　　　03(3515)2314[編集]
振替　00170-4-2639
【印刷】株式会社堀内印刷所
【製本】ナショナル製本協同組合

落丁・乱丁本はお取り替えいたします。
定価は、カバーに表示してあります。

ISBN978-4-576-10009-8

http://charade.futami.co.jp/

CHARADE BUNKO

スタイリッシュ＆スウィートな男たちの恋満載

真崎ひかるの本

愛してるよ、子犬ちゃん

凶悪なラブリー ～もふもふしないで～

イラスト＝タカツキノボル

クールな美貌と無愛想な態度で他人を寄せつけない孝太郎と、人懐っこく社内でも人気者の相馬東吾。部署も違えば性格も正反対の相手だが、隣に引っ越してきて以来、なぜか相馬に「コタロー」呼ばわりで懐かれ、何かとかまわれる日々。しかし、孝太郎には誰にも言えない秘密があった――！